rororo

Agnes-Marie Grisebach, 1913 in Berlin geboren, besuchte die Schauspielschule in München und arbeitete dort und in Breslau am Theater. 1936 heiratete sie und lebte als Hausfrau und Mutter in Rostock. Ende 1951 floh sie, inzwischen geschieden, mit ihren vier Kindern in den Westen und arbeitete bis 1973 in einer Fabrik in Heidelberg. Erst als Rentnerin konnte sie sich dem Schreiben widmen. Von ihr erschienen unter anderem «Eine Frau Jahrgang 13», «Von Anfang zu Anfang», «Eine Frau im Westen», «Frauen im Korsett».

Agnes-Marie Grisebach

Die Dame mit dem Schleierhütchen

Rowohlt Taschenbuch Verlag

Ungekürzte Ausgabe

Veröffentlicht im Rowohlt Taschenbuch Verlag,
Reinbek bei Hamburg, Februar 2005

Dieser Titel erschien erstmals 1992
Umschlaggestaltung Susanne Heeder
Abbildung: «The Fur Coat» von Bessie MacNicol (1869–1904)
Private Collection / Bridgeman Giraudon
Satz: Pinkuin Satz und Datentechnik, Berlin
Druck und Bindung: Druckerei C.H. Beck, Nördlingen
Printed in Germany
ISBN 3 499 33218 3

Inhalt

Leopold erobert Sophie

Es war im Jahre 1906. Da machte Leopold Klatt, frisch examinierter Architekt, eine monatelange Fußwanderung durch Spanien, um dort Bauten zu besichtigen und in abgelegenen Dörfern verborgene alte Kunstschätze aufzuspüren und preisgünstig zu kaufen. Als er, ohnehin schwarzhaarig und braunäugig, von dieser Reise erfolgreich zurückkehrte, war er von der Sonne so dunkelbraun gebrannt, dass man ihn für einen glutäugigen Spanier halten und ihm ein unbändiges südländisches Temperament zutrauen konnte.

Nach Beendigung seiner Reise trat Leopold in Berlin eine Stellung in einem Architekturbüro an. Sein Vater war hoher Beamter in einer Kleinstadt und hatte ihm geraten, in Berlin bald Anschluss an großbürgerliche Familien zu suchen, um sich dort langsam nach einer passenden Frau umzusehen.

Leopold ahnte nicht, dass ihm sein braun gebranntes Aussehen in vornehmen Berliner Kreisen manche Sympathie verscherzen könnte. Bei denen war es nämlich zurzeit Mode, recht bleich auszusehen. Wo es nur ging, schützte man sich vor der Sonne durch Hüte und Sonnenschirme, damit man nicht für einen Plebejer oder gar einen Exoten gehalten wurde.

Leopold war ein bescheidener, ruhiger Mensch, der selten in den Spiegel sah und sich über seine Wirkung auf andere keinerlei Gedanken machte. In Liebesdingen war er noch völlig unerfahren. Frauen kannte er bisher nur als übermächtige, strenge Erzieherinnen und große Schwestern, die allzu viel Gewalt über ihn, das mutterlose Kind, ausgeübt hatten.

Alle diese Damen hatte das große Unglück getroffen, nicht geheiratet worden zu sein. Er hatte erlebt, wie verbittert sie darüber waren, und hatte deutlich gespürt, dass die Schwestern den Geiz ihres Vaters dafür verantwortlich machten, der keine Bälle gab und sie nicht auf Bälle gehen ließ.

Wer Töchter verheiraten will, muss sie auch anbieten, das aber kostet Geld. Auch seine neuen Arbeitskollegen in Berlin und ein adliger Vetter, Armin von Trantow, beschrieben ihm, welch ein Vermögen verantwortungsbewusste Väter zu investieren hatten, damit sie ihre Töchter an den Mann bringen konnten. Für die Bälle mussten, abgesehen von der luxuriösen Bewirtung der Gäste, noch Musiker und Diener bezahlt und die kostspieligsten Garderoben angeschafft werden. Die eingeladenen jungen Männer waren vorher sorgfältig auf Herkommen, Einkommen und Auskommen zu überprüfen, damit die Töchter nicht in Gefahr gerieten, sich in einen falschen zu verlieben, aber dennoch genügend Auswahl unter mehreren gleichrangigen Bewerbern hatten. Leopolds Interesse an diesen Informationen mochte die Arbeitskollegen und seinen Vetter Armin dazu verleitet haben, ihn ein wenig zu necken und stark zu übertreiben. So gewann der arglose Leopold die Überzeugung, alle jungen Männer, die einen derartigen Ball besuchten, hätten ernsthafte Heiratsabsichten. Gäbe es unter der angebotenen Menge der jungen Mädchen eine, die ihnen gefiele, müssten sie sich am

Ende einer derartigen Veranstaltung sofort in eine Liste der in Frage kommenden Heiratskandidaten eintragen lassen. Den immer zu Späßen aufgelegten Armin von Trantow amüsierte es königlich, dass der weltunerfahrene Leopold von ernsthaften Heiratsabsichten sprach, ehe er ein einziges Mädchen kannte und ehe er überhaupt schon eine Frau ernähren konnte. Deshalb ließ er ihn bei seinem falschen Glauben an die Sitten des Heiratsmarktes in Berlin.

Vetter Armin hatte zu dieser Zeit erheblichen Liebeskummer. Er liebte die älteste, achtzehnjährige Tochter einer großbürgerlichen Familie, war aber von deren Vater, dem Geheimrat Edelmann, wegen seiner adligen Herkunft und wegen des Verdachtes, seine geheilte Lungentuberkulose könne wieder ausbrechen, abgewiesen worden. Deshalb hatte er auch keine Einladung zu dem demnächst stattfindenden Kostümfest im Hause Edelmann erhalten. Nur die geliebte Tochter Juliane hatte ihm ein Zettelchen zukommen lassen, er möge sich doch auf alle Fälle unauffällig unter die Gäste mischen. Wenn er dann einmal da sei, werde sie dafür vor den Eltern geradestehen.

Als Leopold seinen Vetter nun bat, ihn doch in

eines der Häuser einzuführen, in denen man für die Töchter einen Ball veranstaltete, kam Armin die Idee, ihn zu Edelmanns mitzunehmen. Es würde eine kleine Rache an dem Geheimrat sein, der ihn abgewiesen und nicht eingeladen hatte, wenn er trotzdem nicht nur selbst erschien, sondern sogar noch einen zweiten Uneingeladenen mitbrachte. Es hatte ihn sehr gekränkt, dass sein Adel für einen Bürgerlichen ein Grund war, seinen Antrag abzulehnen. Einem von Trantow wies man nicht die Tür. Der kam dann gleich doppelt wieder hereinspaziert.

So erzählte er Leopold von dem bevorstehenden Kostümfest und von seiner Absicht, die ältere Tochter Juliane zu heiraten. Auf dem Heiratsmarkt sei also nur noch die jüngere Tochter zu haben, die sei allerdings erst fünfzehn Jahre alt. «Das macht aber nichts», schmunzelte er, «du kannst ja ohnehin erst in drei bis vier Jahren heiraten, dann ist die kleine Sophie alt genug; aber bei dieser Familie kommt es darauf an, sich als Erster vormerken zu lassen. Da ist die Konkurrenz sehr groß.»

Leopold glaubte, der Vetter sei ordnungsgemäß von den Eltern der beiden Mädchen eingeladen worden und bereits offiziell mit Juliane verlobt. Er staunte darüber, dass reiche Berliner Familien schon für Fünfzehnjährige Bälle veranstalteten, sah aber die Zweckmäßigkeit einer solchen Maßnahme ein. Jeder Mann wollte doch unbedingt ein unberührtes Mädchen zur Frau. Wenn man es sich rechtzeitig reservieren ließ, solange es unter Garantie noch unschuldig war, konnte man hoffen, dass sich dieser Wunsch erfüllte. Ganz arglos begann also Leopold, sich auf dieses Kostümfest vorzubereiten.

Es lag nahe, dass er sich als Torero verkleidete, hatte er doch aus Spanien einige Originalkostüme mitgebracht. Völlig uneitel, wie er war, achtete er nur auf den korrekten Sitz der Schleifen, Schnallen und Schärpen und warf kaum einen Blick in den Spiegel. Er ahnte nicht, dass er mit seiner sportlich gestählten Figur, der braunen Haut, den blitzenden Augen und dem schwarzen Haar jedes Mädchenherz zum Schmelzen und deren Mütter in Angst und Schrecken versetzen konnte, da man ihn unweigerlich für einen Casanova, einen gefährlichen Verführer halten musste.

«Meinst du, ich kann so gehen? Ist das ordentlich genug?», fragte er seinen Vetter, nur darum besorgt, in einem großbürgerlichen Berliner Haus nicht durch eine nur halb geschlossene Schuhschnalle Missfallen zu erregen.

Armin von Trantow unterdrückte sein Lachen, ordnete noch dies und das am Kostüm, ohne den Unerfahrenen darauf aufmerksam zu machen, wie verwegen und aufreizend er aussah. Mit dem Herzen eines schüchternen Knaben und dem Aussehen eines skrupellosen, Erfolg gewohnten Herzensbrechers betrat Leopold Klatt also die Bühne der vornehmen Welt im Hause des Geheimrats Edelmann.

Hier war nun an alles andere eher gedacht worden als daran, die Töchter auf einem Heiratsmarkt anzubieten. Hier waren schon immer Kostümfeste veranstaltet worden, auch als alle sechs Kinder noch ganz klein waren. Vater, Mutter, die zwei Mädchen, die vier kleineren Söhne und das Personal hatten tagelang geschuftet, geräumt, geschmückt, Bühnendekorationen aufgebaut, Sketche ausgedacht, geprobt und Musikstücke geübt, damit das diesjährige Fest die vorjährigen in allem übertreffe. Alle waren musikalisch, alle waren geistreich und witzig, jedem fiel etwas anderes ein, was man zur Erheiterung seiner Gäste noch machen könnte. In der Eingangshalle hatte man eine mit Wasser gefüllte Waschbütte aufgestellt, die einen See darstellen sollte und mit Pflanzen umstellt wurde. Am «Ufer» des Sees stand eine Bank. Der kleinste Edelmann-Sohn sollte, als Anstreicherlehrling verkleidet, diese Bank grün anstreichen, das Schild «Frisch gestrichen» zwar anhängen, aber umdrehen und sich dann verstecken. Der lang aufgeschossene dreizehnjährige Sohn sollte dann, als kurzsichtiger Professor verkleidet, seine fünfzehnjährige Schwester Sophie als weiß gekleidete Braut zu dieser Bank geleiten, sie eng umschlingen und sich dann mit ihr auf der frischen Farbe niederlassen. Beide sollten erst einmal festkleben, dann aber schreiend den kleinen Anstreicherlehrling zu fangen und zu bestrafen suchen. Die Jagd sollte das ganze Treppenhaus hinauf- und wieder heruntergehen, bis schließlich der Professor und seine Braut in den See fielen. Ein unerhört lustiges Spektakel, das den Kindern beim Proben viel Spaß gemacht hatte. Im weiteren Verlauf des Abends sollten Spiele für Erwachsene veranstaltet und getanzt werden, wobei dann die vier kleinen Jungen und Sophie nicht mehr mitmachen, sondern in ihren Matrosenanzügen und dem Matrosenkleidchen brav am Kindertischchen sitzen und nur noch zusehen sollten. Die Fünfzehnjährige galt noch als Kind.

Es waren so viele Gäste gekommen, dass Armin und Leopold mit ihren fehlenden Einladungskarten zunächst nicht auffielen. Der Torero wurde zwar bestaunt, aber jeder vermutete, ein anderer habe den Fremden eingeführt. Es erschreckte Leopold sehr, als er sah, wie viele junge Männer versammelt waren. Wenn die alle gekommen waren, um auf die jüngere, noch freie Schwester zu bieten, dann sah er für sich kaum noch Chancen. Aber bis jetzt hatte er die junge Dame noch nicht gesehen, oder er wusste nicht, welche von den vielen weiblichen Gestalten es war. Ein wenig hilflos stand er herum, bis das Spiel begann und der kleine Professor mit der anmutigen, weiß gekleideten Braut auftrat.

«Das ist deine», flüsterte ihm Armin zu, aber das Herz Leopolds wusste es schon. Es hatte sekundenschnell aufgehört zu schlagen und war dann in einen so rasenden Galopp gefallen, dass der vom Blitz Getroffene kaum noch Luft holen konnte. In seinen verwegensten Träumen hatte er sich eine derartige Lichtgestalt nicht vorgestellt. So viel Liebreiz hatte er noch nie in einem Menschen vereinigt gesehen. Mühsam gelang es ihm, seine Eifersucht zu zügeln, als die Schöne mit dem Professor tändelte. Als aber dann die Angebetete Anstalten machte, sich mit ihrem schönen, weißen Kleid auf die frisch gestrichene grüne Bank zu setzen, erwachte unwiderstehlich der Beschützerinstinkt: «Halt!», schrie er. «Nicht hinsetzen!», woraufhin die ganze Gesellschaft in so lautes Lachen ausbrach, dass Leopold völlig verwirrt wurde. Jeder glaubte, der Zuruf gehöre zum Spiel, und als nach der Jagd auf den Anstreicherlehrling der Professor samt seiner Braut in den See stolpern sollte, wunderte man sich, dass Armin den Torero festhielt und ihn daran hinderte, die schöne Braut vor dem Sturz ins Wasser zu retten.

Man hatte nun als Schlusspointe erwartet, dass die Braut am Ende trocken in die Arme eines feurigen Spaniers sinke und nur der zerstreute, als Liebhaber weniger geeignete Professor ins Wasser falle. Aber die Geschwister wurden beide vorschriftsmäßig nass und verzogen sich nach dem Applaus zum Umziehen in ihre Kinderzimmer.

Inzwischen hatte das Ehepaar Edelmann gemerkt, dass nicht nur der unerwünschte adlige Freier erschienen war, sondern sogar noch jemanden mitgebracht hatte. Dieser aufgetakelte, braunhäutige Matador musste ja ein ungeheuer schamloser, aufdringlicher Mensch sein, wenn er so ohne alle Hemmungen in eine fremde Privatgesellschaft eindrang und bei dem Sketch sogar noch die Lacher auf seine Seite brachte. Es nützte nichts, dass Armin von Trantow ihn als seinen bürgerlichen Verwandten vorstellte, das Misstrauen blieb. Aber vor die Tür setzen konnte man ihn jetzt nicht mehr, ohne die Stimmung des ganzen Abends zu verderben.

Als dann getanzt wurde, entdeckte Leopold die zauberhafte Braut im Matrosenkleidchen am Kindertisch bei den vier Brüdern. Auch dies hielt er nun für eine Verkleidung, sein Herz klopfte bei ihrem Anblick, ob sie nun bräutlich oder kindlich gekleidet war, und den ganzen Abend tanzte er jeden Tanz nur mit ihr. Die Eltern bemerkten mit hellem Entsetzen, wie ihr unschuldiges, ahnungsloses Kind auf diesen fürchterlichen spanischen Verführer hereinfiel, ihn anlachte und anstrahlte. Sie ließen das Paar keinen Augenblick aus den Augen und waren heilfroh, als das Fest beendet war und alle Gäste das Haus verließen. Danach knöpften sie sich Sophie vor und machten ihr klar, dass Typen wie Leopold Klatt berufsmäßige Verführer seien, die in anständigen Familien nichts zu suchen hätten. Sie solle nicht meinen, dass sie diesem Spanier wirklich gefallen habe, der spiele nur mit kleinen Mädchen wie eine Katze mit Mäusen. Dergestalt aufgeklärt, ging die Fünfzehnjährige schluchzend ins Bett. Der ganze schöne Abend war verdorben, ihr herrlicher Matador hatte also eine rabenschwarze Seele!

Leopold jedoch wanderte tief aufgewühlt durch die nächtlichen Straßen. Er konnte jetzt nicht nach Hause gehen. Er musste rasche Entschlüsse fassen. Zehn Herren waren außer ihm und seinem Vetter auf diesem Fest gewesen, alle hatten sein süßes, kleines Mädchen voller Entzücken angeschaut. Er hatte zwar verhindert, dass ein anderer mit ihr tanzen konnte, aber was nützte das, wenn bis zu ihrem achtzehnten Geburtstag immer wieder Bälle veranstaltet werden würden, auf denen andere Männer ihre Heiratsangebote machen könnten. Er musste sich als Erster vormerken lassen, unbedingt, sonst kam ihm ein anderer zuvor. Er steigerte sich so sehr in die Angst hinein, gleich am ersten Tag würden alle zehn Rivalen ebenfalls um die Hand dieser Angebeteten anhalten, dass er kurz entschlossen nachts um drei Uhr zum nächsten offenen Postamt lief und ein Telegramm an Herrn Geheimrat Edelmann aufgab, in welchem er ihn um die Hand seiner jüngeren Tochter bat.

Nach dem rauschenden Fest schlief alles im Hause Edelmann sanft und selig. Da, morgens um fünf Uhr, klingelte es. Wer konnte das sein, mitten in der Nacht? Erschreckt setzten sich Vater und Mutter aufrecht in die Betten und warteten auf den Diener, der aufgestanden war und die Tür geöffnet hatte. Er brachte ein Telegramm. Überzeugt von einem Todesfall in der engsten Familie – wer sonst würde mitten in der Nacht telegrafieren –, öffnete der Geheimrat zitternd den Umschlag. Nach dem Lesen des Textes brach er in ein wütendes Gebrüll aus, schlug mit den Fäusten immer wieder auf die Bettdecke und schrie: «Dieser Halunke! Dieser Casanova! Dieser unverschämte Mensch!» Er war überhaupt nicht zu beruhigen. Endlich bekam die Frau Geheimrat das Telegramm in die Hand, las den Inhalt und brach in lautes Lachen aus. Dieser Spanier war ja gar kein Casanova, er war ein harmloser Verrückter! Aber ob nun verrückt oder ein Schurke, ihr Haus durfte dieser Mensch nie wieder betreten, und die kleine Tochter musste unbedingt vor ihm geschützt werden. Darin war sie völlig einig mit ihrem Mann.

Das Schlimme war, der Diener hatte nicht geschwiegen, und so erfuhr Sophie am Morgen, dass der angebliche Bösewicht es doch ernst gemeint und in aller Form um ihre Hand angehalten hatte. Sie hatte sich also doch nicht in ihm getäuscht. Er war kein gewissenloser Verführer. Bitterlich weinend flehte sie ihre Eltern an, den Verehrer doch wenigstens anzuhören, der ihr so sehr gut gefallen hatte. Das aber kam auf keinen Fall in Frage. Als Leopold Klatt am Vormittag erschien, um sich seine Antwort abzuholen, wies ihm der Diener die Tür und erklärte ihm, die Herrschaften seien nicht zu sprechen und wünschten ihn niemals wieder zu sehen. Das war Leopold vollkommen unverständlich. Er hatte doch nur das getan, was, wie er glaubte, in diesen Kreisen allgemein üblich war. Hatten denn die anderen Rivalen noch keine Angebote gemacht? Anscheinend nicht, und das beruhigte ihn erst einmal. Sein Vetter Armin riet ihm, sich durch die Abweisung nicht beirren zu lassen, er wolle ja nicht die Eltern, sondern die Tochter heiraten.

Sophie jedoch war völlig aufgelöst über die Härte, mit der man gegen ihren schönen Matador vorgegangen war. Das war ungerecht! Das war gemein! Sie weinte so herzerweichend, dass Geheimrat Edelmann beschloss, sie umgehend nach Baden-Baden zu schicken, wo sie von ihrem Kummer abgelenkt und erst einmal aus der Gefahrenzone gebracht werden würde. Baden-Baden war immer gut für alle körperlichen und seelischen Leiden. Natürlich fuhr Frau Geheimrat mit.

Als sie in Baden-Baden aus dem Zug stiegen, wer stand da auf dem Bahnhof und erwartete sie? Leopold. Er war den beiden Damen vorausgefahren, denn die ältere Tochter hatte den Plan ihrer Eltern an Armin verraten. Juliane stand voll auf der Seite auch dieses abgewiesenen Bewerbers. Leopolds Hartnäckigkeit besiegte Frau Edelmann schon halb. Als er da in seinem zivilen Anzug so treuherzig strahlend auf dem Bahnsteig wartete, begriff sie instinktiv, dass ein ganz kindlicher, ganz argloser Mensch vor ihr stand, der ihr durch sein Kostüm einen völlig falschen

Eindruck vermittelt hatte. Er war auch kein Verrückter, er war nur ein mit den Gepflogenheiten und Sitten des Berliner Großbürgertums völlig unbekannter Kleinstädter.

Deshalb konnte sie aber doch nicht zulassen, dass sich dieser junge Architekt mit ihrer erst fünfzehnjährigen Tochter verlobte. Sie hatte zwar kein Recht, ihm die Einmietung ins gleiche Hotel zu verbieten, aber sie beschloss, die beiden keine Sekunde aus den Augen zu verlieren und niemals miteinander reden zu lassen, ohne dass sie dabei war und alles mithörte. Wenn sie mit ihrer Tochter spazieren ging, konnte sie den lästigen Begleiter zwar nicht fortscheuchen, aber sie konnte ihm Rede und Antwort verweigern und auch ihre Tochter dazu anhalten, nicht mit diesem Menschen zu sprechen.

Frau Geheimrat Edelmann war erst 36 Jahre alt, also noch sehr jung und lebenslustig. Auf den Gedanken, einfach wieder nach Hause zu fahren, weil der Plan, das Paar zu trennen, gescheitert war, kam sie nicht. Vielleicht hatte sie doch ihre heimliche Freude an diesen stummen Spaziergängen. Aber die Märsche waren anstrengend. In ihrem engen Korsett und den unbequemen langen Röcken kam sie mit dem Tempo der jungen Leute kaum mit. Immer häufiger blieb sie zurück, sodass Leopold und Sophie doch unbeaufsichtigt miteinander reden konnten. Als ein Stein im Schuh sie zu einer kleinen Pause zwang, hatten sich die beiden jungen Leute endgültig aus ihrer Sichtweite entfernt, und es dauerte eine Weile, bis sie sie wieder eingeholt hatte. Da war es zu spät. Sie hatten sich geküsst, und Leopold hatte sich das ersehnte Jawort von seiner Angebeteten geholt.

Man reiste nach Berlin zurück. Es wurde mit dem Vater Edelmann vereinbart, dass die Verlobung erst in drei Jahren, am achtzehnten Geburtstag der jungen Braut, bekannt gegeben werden durfte und mit der Hochzeit dann noch zwei Jahre gewartet werden sollte. Unter vier Augen nahm der Herr Geheimrat dem künftigen Schwiegersohn das Versprechen ab, dass Sophie vor ihrem 21. Geburtstag kein Kind bekommen dürfe. Alle diese Vereinbarungen hat Leopold getreulich eingehalten. Denn Sophie war wirklich seine erste, einzige und ganz große Liebe. Nur Mathilde, das erste Kind, kam zwei Monate vor Sophies 21. Geburtstag auf die Welt.

Leopold wird Vater

Die 42-jährige Frau Geheimrat Edelmann erwartete im selben Monat des Jahres 1912 zwei Enkelkinder, eines in einem Schloss in Hinterpommern, eines in Berlin-Halensee in einer Dreizimmerwohnung. Die vier kleineren Brüder der jung verheirateten Schwestern Juliane und Sophie sollten gleich zweimal Onkel werden. Und Leopold? Nun, der sollte natürlich Vater werden, aber das war ja nicht erwähnenswert.

Als Erste erreichte Juliane von Trantow das Ziel. Frau Geheimrat setzte sich in die Eisenbahn, als der Beginn der Geburtswehen telegraphisch gemeldet worden war, und kam zum ersten Schrei des Neugeborenen auf dem Rittergut an. Kaum hatte sie die Tochter mit den notwendigsten Informationen versehen, wie man ein Baby stillt, wie man es wickelt, pudert und cremt, wie man sich vor Brustentzündungen schützt und sich verhält, wenn das Baby schreit, und kaum hatte sie der dörflichen Hebamme klar gemacht, dass alles, was diese bisher über die Pflege von Säuglingen und Frauen im Wochenbett gelernt hatte, grundfalsch sei und sie gut daran täte, von ihr, der Frau Geheimrat Edelmann mit ihren sechs gesunden Kindern, zu lernen, als ein Telegramm eintraf, bei der jüngeren Tochter Sophie hätten ebenfalls die Wehen eingesetzt. Schmerzlich musste vom süßen kleinen Enkelsohn wieder Abschied genommen und abgereist werden.

Spätnachts um 12 Uhr kam Frau Geheimrat Edelmann in Berlin am Stettiner Bahnhof an, telefonierte mit dem Schwiegersohn, dass er am Fenster nach ihr Ausschau halten solle, um ihr den Schlüssel zur Haustür herunterzuwerfen, nahm eine Pferdekutsche und ließ sich in der Karlsruher Straße vor dem Mietshaus absetzen, in dem ihre Kinder wohnten.

Die Straße war menschenleer und sehr dunkel. Aus einer Spelunke in der Nähe hörte man betrunkene Männer grölen. Frau Geheimrat pfiff, und sie pfiff wieder und wieder, um Leopold ans Fenster zu locken, aber das Fenster zur Straße blieb dunkel. Nervös raffte Frau Geheimrat ihre Röcke und trippelte in ihren Stöckelschuhen die schmutzige Straße auf und ab. Aus jeder Ecke meinte sie schon einen Räuber nahen zu sehen, der ihr die Handtasche entreißen oder noch viel Schlimmeres antun würde. Es war keine sehr vornehme Gegend, in die dieser Leopold Klatt ihre viel zu junge Tochter entführt hatte. Welch ein Unterschied zu dem Schloss in Hinterpommern! Hier durfte man als Dame nachts doch gar nicht allein auf der Straße sein! Mein Gott, wo blieb denn nur der Leopold! Sie hatte doch mit ihm telefoniert! Wie unzuverlässig, dieser Schwiegersohn!

Da öffnete sich plötzlich die Tür zu der Spelunke, und eine Gruppe junger Männer torkelte hinaus auf die Straße. «Jetzt ist es aus mit mir», dachte Frau Geheimrat. In ihrer Angst schrie sie laut zu dem versperrten Haus hinauf: «Leopold!!»

Da sagte einer der jungen Männer im Vorbeigehen gutmütig zu ihr: «Na, nu warten Se man nich mehr, Fräuleinchen, er kommt nu nich mehr.»

Da verlor Frau Geheimrat Edelmann alle Angst. Dass sie noch so jung aussah, um für ein Fräuleinchen gehalten zu werden, das auf ihren Liebhaber wartet, machte sie doch sehr stolz. «Wenn ihr wüsstet, auf was ich warte!», dachte sie und hat später diese Geschichte vom Warten auf Mathildchen oft und gern erzählt.

Ja, Mathilde sollte das Kind heißen, das Frau Geheimrat Edelmann nach endlosem Warten bereits gewickelt, gepudert und gesalbt vorfand. Ihr Beistand und ihre Hilfe waren nicht nötig gewesen. Sie fand auch wenig auszusetzen. Berliner Hebammen waren besser ausgebildet als die in Hinterpommern. Frau Geheimrat umarmte die Tochter, küsste das Kind und rief sofort ihren Mann an: «Ich bin wieder Großmutter geworden! Du bist wieder Großvater geworden! Sag den Jungen, sie sind zweifache Onkel! Unsere kleine Sophie ist Mutter! Es geht ihr gut!» Dass Leopold Vater geworden war, vergaß sie zu erwähnen, weil sie ihm doch erzählen musste, was ihr auf der Straße passiert war, als er sie so lange warten ließ. Als die junge Frau Klatt drei Tage nach der Geburt mehrfach scheinbar grundlos weinte, sodass Gefahr bestand, die Muttermilch könne versiegen, untersagte die Pflegerin bis auf weiteres jeden Familienbesuch. Die vier Brüder und die Eltern der jungen Mutter hätten das Baby ja nun ausgiebig begutachtet, auch die Schwestern des Vaters seien da gewesen, nun brauchten Eltern und Kind erst einmal völlige Ruhe. Frau Geheimrat war eine kluge Frau, sah die Gründe für ihren vorläufigen Hausverweis ein, schickte aber täglich eines ihrer Hausmädchen in die Karlsruher Straße, um dort die anfallende Hausarbeit zu erledigen.

Leopolds Liebe zu Sophie war in den sechs Jahren, die er sie kannte, ständig gewachsen. Er, der bisher nur für die bildenden Künste Interesse gezeigt und sich aus Musik nie viel gemacht hatte, konnte dem Geigenspiel seiner jungen Frau entzückt lauschen und gestattete ihr, auch noch während der Schwangerschaft weiter Unterricht bei einem Musikprofessor zu nehmen. Er hatte auch die Freude seiner Frau auf das Kind zu teilen versucht, obwohl er sich vor dem Eindringling in sein Glück ein wenig gefürchtet hatte. In diesen ersten drei Tagen hatte er auch das Gefühl gehabt, als gehe das, was da geschehen war, eigentlich nur seine Frau und deren Familie etwas an. Etwas hilflos hatte er alles getan, was die Hebamme angeordnet hatte, und da diese niemals sagte: «Jetzt werfen Sie mal den Schlüssel runter», hatte er andere Befehle ausgeführt. Nun war er endlich mit Frau und Kind allein, und nun erkannte er auch die Ursache seiner Angst vor dem Kind. Er ekelte sich vor dem nackten kleinen Geschöpf und konnte sein Kind erst dann in den Arm nehmen, wenn man es fest und undurchlässig mit Moltontüchern zu einem Paketchen zusammengebunden hatte.

Was war denn das? Sophie war ganz fassungslos. Ein Vater ekelt sich vor seinem Kind? Da kam nun langsam in Stunden ungestörter Zweisamkeit und in endlosen Gesprächen heraus, dass der arme Leopold als Kind Schreckliches hatte durchmachen müssen. Seine Mutter war bei seiner Geburt gestorben. Er war an ihrer Leiche getauft und dann von immer wechselnden bezahlten Personen aufgezogen worden. Keine davon hatte eine Ahnung von Kinderseelen gehabt, keine hatte ihn wirklich geliebt, alle hatten nur ihre Pflicht erfüllt. Sie hatten geglaubt, das kleine Kind mit strengen Strafen und Schlägen zur Sauberkeit erziehen zu müssen, und als das nicht sofort gelang, war ihnen befohlen worden, ihn wie einen kleinen Hund mit der Nase in seine Sünde zu stoßen, damit er lernte, sich vor sich selbst zu ekeln. Er hatte es gelernt, aber von da an musste er sich vor jeder nassen Windel eines Säuglings bis zum Erbrechen ekeln.

Sophie war ganz außer sich: «Wie kann man so mit einem kleinen Kind umgehen?»

«Mein Vater traf die Anordnungen, was seine Kinder anging, und er war der Ansicht, dass es das Gleiche ist, ob man Kinder oder Hunde erzieht. Viele Männer haben damals so gedacht. Mein Vater war keine Ausnahme. Mütter konnten sich vielleicht gelegentlich weigern, männliche Anordnungen zu befolgen, Töchter oder Hausdamen nicht.»

Von nun an gab ihm Sophie das Baby nur dann auf den Arm, wenn es garantiert trocken und gut eingewickelt war, und ließ ihn bei der Körperpflege nicht zusehen. So gewöhnte er sich an das kleine Gesichtchen, ohne ständig daran denken zu müssen, dass das Kind vielleicht jetzt gerade die Windel nass machte, sprach mit ihm und pfiff ihm Liedchen vor, denn singen konnte er nicht.

Da geschah ein Wunder. Mathildchen war gerade vier Monate alt, als sie plötzlich ihren Vater anlächelte, die Lippen spitzte und ebenfalls zu pfeifen begann. Das traf Leopold mitten ins

Herz, beinahe so heftig wie damals der Anblick der fünfzehnjährigen Sophie.

Von nun an liebte er seine Tochter. Sie war der zweite Mensch, den er lieben konnte und durfte. Ihm war wie jemandem, der jahrelang allein im Dunkeln durch Schnee und Eis gewandert ist und nun in eine Hütte kommt, in der es warm und hell ist.

Das pfeifende Mathildchen wurde natürlich zu einer Sensation für alle Edelmanns und alle Klatts. Der Besucherstrom riss nicht ab, alle wollten das mit eigenen Ohren hören, aber richtig gut konnte Mathilde es nur, wenn sie mit ihrem Vater allein war. Oft klang es sogar, als ob beide zweistimmig pfiffen. Manchmal sabberte das Kind dabei, was beim Vater wieder ein wenig Ekel hochsteigen ließ, sodass er sofort ein Tüchlein holte, um das kleine Gesicht abzuwischen. «Jetzt kommt das Putzetuch», sagte er dabei, und siehe da, Mathildchen war neun Monate alt, da sagte sie strahlend: «Pussetuch!» Das erste Wort eines Kindes nicht Papa, nicht Mama, sondern Putzetuch! Hatte man so etwas schon einmal gehört? Und nicht die Mutter hatte dem Kind dieses Wort beigebracht, sondern Leopold, der Vater!

Von nun an konnte es Leopold kaum erwarten, aus dem Büro nach Hause zu kommen. Sein Herz klopfte fast wie bei einem Rendezvous mit einer Geliebten. Er rannte die Karlsruher Straße entlang, blickte hinauf zum Balkon im vierten Stock seines Hauses, und dann sah es aus, als ob unter dem Balkon ein Vögelchen flatterte. Mathildchen hatte ihr Patschhändchen durch das Abflussrohr gesteckt und wedelte damit ihrem Vater zur Begrüßung zu, obwohl sie ihn ja noch nicht sehen konnte. Sophie setzte das Kind immer rechtzeitig vor das Rohr, um ihrem Mann eine Freude zu machen.

Wenn man Mathildchen fragte: «Wo wohnst du?», sagte sie «Kawiwanzig», was natürlich heißen sollte: Karlsruher Straße 24, das hatte ihr Sophie beigebracht. Auch die Großmutter wollte bei der frühen Förderung der Enkeltochter nicht nachstehen: «Sag mal Großmut-ter!» Da kam dann «Do-ter»! Das war so fabelhaft, dass Frau Geheimrat Edelmann bei allen Verwandten und Freunden für alle Zeiten zur Doter wurde und immer stolz auf diesen Namen blieb.

Aber das Pfeifen und das Putzetuch blieben die Krönung aller Kunststücke, und die waren das

Werk des Vaters Leopold, der auf dieses Töchterchen stolzer war als auf seinen ersten selbständig ausgeführten Bau. Er war Vater geworden. Das war mehr als ein berühmter Architekt.

Hillebobbe

Im Jahre 1916 war meine Großmutter eine schöne, stolze Frau in den besten Jahren und besaß alles, was das Herz einer Frau ihres Standes je begehren durfte: vier begabte, kraftvolle Söhne mit den besten Zukunftsaussichten, zwei glücklich verheiratete Töchter, sechs Enkelkinder und einen wohlhabenden Mann, der sie liebte und ihr ein herrliches Ferienhaus in Ahrenshoop an der Ostsee geschenkt hatte. Die Inneneinrichtung dieses Hauses und die Pflege des großen Gartens erfüllte alle Gedanken der Sechsundvierzigjährigen, die so gerne einen Beruf ergriffen hätte, nachdem ihre sechs Kinder ihrer Pflege nicht mehr bedurften. Natürlich waren die Söhne jetzt im Krieg, wie alle gesunden jungen Männer, aber das erfüllte sie vorläufig noch mehr mit Stolz als mit Angst. Der Krieg war etwas Erhabenes, den fürchtete ein Deutscher nicht. Da meine Großmutter sich mit beruflichen Leistungen keine Ehre erwerben durfte, war sie zu dieser Zeit noch sehr stolz auf alles, was sie mehr und besser besaß als andere, und dazu gehörte auch das Mehr an Ehre. Ein Mann und vier Söhne an der Front! Das war sehr viel Ehre.

Für die Zeiten, die sie in ihrem einsam gelegenen schönen Haus an der Ostsee ohne männlichen Schutz verbringen musste, beschloss sie, sich einen Hund zuzulegen. Natürlich musste es ein lupenreiner Rassehund sein, denn wenn die Großmutter etwas kaufte, nahm sie nur das Teuerste und Beste. Sie hätte sich zu Tode geschämt, wenn sie nicht bei allen Dingen, die sie kaufen durfte, immer nur das Teuerste und Beste ausgewählt hätte. Der Hund wurde gesucht und gefunden in Gestalt einer sehr edlen Schäferhündin mit sehr langem Stammbaum. Schäferhunde galten damals als das Feinste. Senta war wirklich wunderschön, sehr kinderlieb, sehr gehorsam und sehr wachsam. Eigentlich sollte ein Rüde gekauft werden, aber vielleicht schlummerten in meiner Großmutter bereits unbewusst feministische Neigungen, oder sie wollte der bisherigen Übermacht männlicher Gestalten in ihrem Haushalt einmal etwas Weibliches entgegensetzen, jedenfalls fühlte sie sich von Senta mehr angezogen als von allen anderen angebotenen Hunden.

Man könne das Tier ja sterilisieren lassen, wurde ihr gesagt, aber vorläufig glaubte die Großmutter die Hündin im Schutze des jungen Gärtners vor unerwünschten Liebesbeziehungen bewahrt. Sie plante, Senta von einem ebenfalls edlen Rasse-Schäferhund decken zu lassen, und träumte davon, viele junge edle Schäferhündchen aufzuziehen, um damit in diesen Kriegszeiten Lebensmittel auf dem Lande einzutauschen, die für Geld immer weniger zu haben waren.

Das Schicksal riss sie jedoch jäh aus diesen schönen Träumen. Der junge Gärtner hatte seine Pflichten vernachlässigt, Sentas Seele erwies sich als erheblich weniger stolz und standesbewusst als die ihrer Herrin, das kostbare Tier wurde schwanger, und zwar von einem dackelähnlichen kleinen Straßenmischling. Da meine Großmutter bis dahin noch kaum von größeren Enttäuschungen getroffen worden war und sie das, was ihr an Verlusten bevorstand, gottlob noch nicht ahnte, empfand sie dieses Malheur als persönliche Schande, als eine Entehrung, kurz fast als ein echtes Unglück. Sie weinte, sie schalt, sie war verzweifelt.

Es wird behauptet, eine echte Rassehündin, die einmal Mischlinge geboren habe, könne niemals wieder echten Rassehunden das Leben schenken. Ob man wohl denkt, der Umgang mit einem Bastard bereite einer Hündin so viel Vergnügen, dass sie sich danach auf keinen Fall mehr mit einem Aristokraten einlassen wolle? Auch der Tierarzt, den meine Großmutter aufsuchte, bestätigte ihre Meinung, Senta sei nun überhaupt nichts mehr wert und nicht mehr zu veredeln. «Wenn sie erst einmal Mischlingswelpen gesäugt und aufgezogen hat, ist sie für höhere Zwecke verdorben», meinte er. «Wenn Sie die Welpen nicht verkaufen oder verschenken wollen, wäre es das Beste, sie zu töten, ehe die Mutter sie angenommen hat.»

«Wie stellen Sie sich das vor?», rief meine Großmutter entsetzt. «Ich kann doch keine jungen Hunde töten! Man kann doch auch der armen Senta nicht ihre Kinder wegnehmen! Da stirbt die doch vor Kummer!»

Mit Müttern fühlte sich Großmutter immer solidarisch, auch mit den verworfensten.

«Die stirbt überhaupt nicht vor Kummer», meinte der Tierarzt. «Es ist ja ihre erste Geburt. Sie ahnt gar nicht, was mit ihr passiert, wenn sie gebiert. Die Jungen kommen in einem Schleimbeutel zur Welt. Erst wenn die Mutter sie aus diesem Beutel herausgebissen und ihr Fell geleckt hat, weiß sie, dass da Junge gekommen sind, und erst wenn die Welpen an ihren Zitzen gesaugt haben, bekommt sie Muttergefühle und will die Kleinen nicht mehr hergeben. Ist man bei der Geburt zugegen und nimmt ihr die Beutelchen immer sofort weg, sobald sie draußen sind, entwickelt sich keine Milch in den Zitzen und Ihre Hündin ist wie vorher. Sie ist nicht ‹Mutter› geworden und leidet nicht ohne die Welpen.»

«Ja, aber wie soll ich denn die Jungen in den Schleimbeuteln töten?», fragte die Großmutter, immer noch entsetzt.

«Stellen Sie eine größere Schüssel mit Wasser neben sich und drücken Sie die Beutelchen einige Sekunden da hinein. Sie merken gar nicht, dass Sie einen kleinen Hund in der Hand haben. Die jaulen in diesem Stadium auch noch nicht und wehren sich nicht viel. Sie haben ja noch nicht einmal geatmet.»

Jetzt war die Großmutter in einem schweren Gewissenskonflikt. Sie konnte die wertlos gewordene Hündin an irgendjemanden verschenken, der auch die Bastard-Welpen haben wollte, oder sie konnte den Rat des Tierarztes befolgen. Eine andere Möglichkeit wurde von ihr überhaupt nicht erwogen: Schäfer-Dackel-Mischlinge in ihrem schönen, vornehmen Hause leben zu lassen, auch nicht für kurze Zeit.

Die Großmutter war zwar zart besaitet, aber diese zart und fein erscheinenden Saiten waren aus Stahl. So schnell rissen die nicht, das hat sie später bewiesen, als ein wirkliches Unglück nach dem anderen über sie kam. Sie war auch eine Optimistin. Wenn man den Rat des Tierarztes befolgte und Senta die Bastarde gar nicht sehen ließ, konnte sie vielleicht doch noch einmal reinrassige Junge bekommen! Eine Trennung von dem Tier wäre ihr auch sehr schmerzlich gewesen. Nach langen Zweifeln entschloss sie sich, den Rat des Tierarztes zu befolgen.

In den Tagen vor der Entbindung behielt sie Senta Tag und Nacht im Auge, sodass sie tatsächlich zur Stelle war, als es eines Nachts losging. Es kam das erste Beutelchen. Die Großmutter überwand sich mit fest zugebissenen Zähnen, geschlossenen Augen und drückte es einige Sekunden lang unter Wasser. Senta blieb davon völlig unberührt. Sie lag da, hechelte und wusste nichts anderes, als dass sie Bauchschmerzen hatte. Beim zweiten ging es wie beim ersten. Senta ahnte nichts. Die Großmutter entnahm ihr das Beutelchen so schnell, dass die Gebärende sich nicht einmal umdrehte. Nun kam das dritte und das vierte, und der Großmutter begann der Schweiß von der Stirn zu perlen. Sie litt sehr und verfluchte innerlich ihren Entschluss, diese Prozedur durchzustehen. Jetzt kam eine Pause. Vielleicht sind das alle, dachte sie, aber da ging es schon wieder los. Das fünfte, das sechste, das siebente. Das gibt es doch gar nicht, dachte die Mörderin, so viele Kinder beim ersten Mal! Aber sie hielt durch. Wer A sagt, muss auch B sagen. Senta merkte auch nach dem siebenten Kind nicht, was da passiert war. Sie hechelte, blickte ihre Betreuerin treuherzig-dankbar an, ließ sich streicheln und dachte, sie habe nur Bauchschmerzen. Nicht ein einziges Mal nahm sie eines der Paketchen zur Kenntnis. Wieder hoffte die Großmutter, dass ihre Qualen zu Ende seien, aber da kam doch noch das achte, das neunte und nach einer kurzen Pause auch noch das zehnte. Entsetzlich!

Die Großmutter war am Ende ihrer Kräfte, und Senta, die trotz aller Anstrengungen nicht Mutter geworden war, auch. Zehn leblose Beutelchen lagen in einem Karton, was darin war, hatte das Licht des Tages nicht erblickt. Senta hörte auf zu hecheln, und als die Großmutter sie streichelte, schlief sie sanft ein, ohne einen Blick auf den Karton.

Die Großmutter trug die Opfer ihrer Eitelkeit nach draußen und fühlte sich als Mörderin. Erstmals kam ihr der Gedanke, dass sie über die Kinder ihrer Freundin Senta vielleicht doch nicht so einfach hätte verfügen dürfen. Aber, gottlob, die hatte ja nichts bemerkt. Die wusste nicht, dass sie zehn Kinder zur Welt gebracht hatte. Ihre Milchdrüsen würden nicht anschwellen, sie würde körperlich und seelisch nichts zu leiden haben. Gelitten hatte nur meine Großmutter. Nur sie war zu bedauern gewesen, und schuld an allem war – ja, wer war schuld an allem? Der Gärtner natürlich, denn Senta war ja ein armes Tier, die nicht wusste, was sie tat, als sie sich mit einem minderwertigen Bastard einließ.

Da Senta nun fest schlief und ruhig atmete, legte sich endlich auch meine Großmutter ins Bett, um sich nach dieser fürchterlichen Nacht von ihrer grauenhaften Arbeit auszuruhen.

Als die Sonne sie an der Nase kitzelte und sie die Augen aufschlug, hörte sie ein seltsames Fiepsen. Jii, jii, jii, jii. Entsetzt sprang sie aus dem Bett und eilte zu Sentas Korb. Da lag ihr edler Rassehund und war Mutter geworden. Sauber abgeleckt, am Bauch der Mutter eine Zitze nach der anderen ansaugend, schnüffelnd, fiepsend wälzte sich da ein dicker, augenloser, schwarzer Kloß, der mehr Ähnlichkeit mit einem kleinen Nilpferd als mit einem Hund hatte. Er wackelte gleichzeitig mit fünf kleinen Schwänzchen, vier davon sollten wohl die Beine sein. Senta blickte ihre Herrin mit einem Blick voller Stolz an: «Sieh doch nur, was ich zuwege gebracht habe! Ist das nicht eine wundervolle, eine ganz herrliche Tochter? Hat sich die große Mühe heute Nacht nicht doch noch gelohnt, nachdem wir schon dachten, es würde nichts mit dem Kinderkriegen?»

Nun, ich sagte schon, meine Großmutter war zart besaitet. Das brachte sie nun doch nicht fertig, einer Mutter ihr einziges Kind wegzunehmen.

Halb lachend, halb seufzend fand sie sich ins Unabänderliche, und das kleine Nilpferd mit den fünf Schwänzchen wurde Hillebobbe getauft.

Hillebobbe genoss Mutterliebe für elf und bekam Milch für elf. Alle Zitzen ihrer Mutter trank sie täglich allein leer, sodass alle Welt die Hoffnung aufgab, aus den am Nilpferdleib baumelnden Schwänzchen könnten jemals vernünftige Beine werden. Zu einem Zeitpunkt, wo andere junge Hunde schon längst tollpatschig herumlaufen, rollte sie nur auf ihrem dicken Bauch, weil ihre Beinchen nicht bis zum Boden reichten. Kein Wunder, denn sie hatte ja die krummen, kurzen Beine eines Dackels am Leib einer Schäferhündin. Je älter sie wurde, desto komischer sah sie aus, sodass das laute Lachen jedes Besuchers beim Anblick dieses seltsamen dicken Tieres meine Großmutter wenigstens ein klein wenig entschädigte für den Makel, der mit dessen Geburt verbunden war. Wie sie ein Übermaß an Mutterliebe und Muttermilch genoss, so erfuhr Hillebobbe auch ein Übermaß an Menschenliebe. Alle Besucher in Großmutters Sommerhaus verzärtelten die so seltsam vom Tod Errettete, und so wurde sie anstatt zu einem Wachhund zu einem mit Freund und Feind schmusenden fetten Schoßhündchen – jedenfalls solange sie noch auf irgendeinen Schoß passte.

Später wurde ihr Leib dann größer als der von Senta und viel dicker. Die Beine blieben kurze krumme Dackelbeine, Nase und Schnauze erinnerten an einen Mops, nur die Ohren verrieten, dass sie eine Schäferhündin zur Mutter hatte.

Hillebobbes Charakter war fröhlich, zärtlich, gehorsam und voller Urvertrauen. Sie war freigebig und niemals die Schuldige an dem Streit, der immer häufiger zwischen ihr und ihrer Mutter entbrannte. Kaum war Hillebobbe entwöhnt, gönnte Senta ihrer Tochter überhaupt nichts mehr. Offensichtlich begann sie ihr erwachsen werdendes Kind nur noch als Rivalin anzusehen. Die übergroße Mutterliebe verwandelte sich in übergroßen, grundlosen Hass. Wo sie konnte, griff sie Hillebobbe an. Ob sie plötzlich begriff, dass Hillebobbe keinen Stammbaum hatte? Ob sie wütend war auf den Makel, auf den Schandfleck, und genauso unerbittlich entschlossen, ihn aus dem Weg zu räumen, wie die Großmutter entschlossen gewesen war, alle ihre Kinder aus dem Wege zu räumen? Wer kennt sich in der komplizierten

Psychologie der Mutter eines Einzelhundes aus? Es ging jedenfalls nicht mit den beiden. Man musste eine von ihnen weggeben. Senta hatte ältere Rechte, auch wenn sie die Schuldige an der ständigen lauten Beißerei war. Also wurde Hillebobbe verschenkt, und zwar an einen Förster, der ausprobieren wollte, ob er nicht die Jagdinstinkte ihres Vaters, des Dackels, in ihr wecken könne, wenn ihr die Schäferhundinstinkte schon so gänzlich abgingen.

Er fuhr mit ihr auf dem Dampfer zwei Stunden über das Wasser in die Kreisstadt und dann noch einmal zwei Stunden mit der Kleinbahn zu seinem Heimatort, wo vom Bahnhof bis zu seinem Haus im Wald noch einmal eine Stunde zu Fuß gelaufen werden musste.

Meiner Großmutter war der Abschied von dem anhänglichen Tier schwer gefallen. Sie verstand sich selbst nicht mehr, dass sie ihr Herz an eine solche Kreatur wie Senta hatte hängen können. Die hatte sie nun schon zweimal enttäuscht. Einmal, als sie ihre Würde nicht gewahrt und sich mit einem Dackel eingelassen hatte, und das zweite Mal, als sie ihr Kind so schlecht behandelte. Andere Hündinnen duldeten ihre erwachsenen Töchter doch auch um sich. Es war wohl doch nicht allein dic edle Rasse und der Stammbaum, wodurch ein Hund das Herz eines Menschen gewinnen konnte, es kam wohl doch mehr auf den Charakter an. Irgendwie wurde sie mit Senta nicht mehr so recht warm, und sie begann, sich nach Hillebobbe zu sehnen. Vielleicht war es aber auch die Erinnerung an den Kindermord, der ihr die Gegenwart von Hillebobbes Mutter ein wenig verleidete. So trug sie sich insgeheim mit dem Gedanken, auch Senta zu verschenken.

Nach der Abreise von Hillebobbe waren einige Wochen vergangen, da schlug Senta plötzlich wütend an, und gleich darauf hörte man das Knurren, Bellen und Jaulen zweier wild miteinander kämpfender Hunde. Die Großmutter eilte nach draußen, da löste sich eines der beiden Tiere aus dem Knäuel, rannte schwanzwedelnd, laute Freudenheuler ausstoßend auf die Großmutter zu, sprang an ihr hoch, leckte ihr das Gesicht und gab sich unverkennbar als die verschenkte Hillebobbe zu erkennen, die allerdings allen Nilpferdspeck verloren hatte, zum Gerippe abgemagert war und nun tatsächlich ein klein wenig ihrer Mutter glich. Die Großmutter eilte in die Küche, um ihr schnell ein Mahl zu bereiten, und aus der Art, wie Hillebobbe fraß und trank, konnte man erkennen, dass sie lange gehungert und gedurstet hatte. Ihre Erlebnisse konnte Hillebobbe nicht erzählen, aber vom Förster erfuhr die Großmutter, dass die Hündin schon bald nach der Ankunft wieder weggelaufen war; sie musste also wochenlang unterwegs gewesen sein. Wahrscheinlich hatte sie es ihrem freundlichen, zutraulichen Wesen zu verdanken, dass barmherzige Menschen ihr auf ihrer Irrfahrt gelegentlich zu fressen und zu trinken gegeben hatten. Dass sie nach Hause gefunden hatte, war ein Wunder, denn sie war ja mit dem Schiff über das Wasser des Boddens gefahren worden und konnte nicht wissen, dass es einen Landweg um ihn herum gab.

Konnte man Hillebobbe jetzt noch einmal wegschenken? Unmöglich. Beide Rivalinnen gemeinsam zu halten war aber auch unmöglich. Um die Großmutter aus ihrem unlösbaren Gewissenskonflikt zu befreien, nahm meine Tante, Großmutters Älteste, Senta vorläufig mit sich auf ihr Gut. Dort ließ sie sie von einem reinrassigen Schäferhund mit Stammbaum decken, den Senta offensichtlich genauso bereitwillig liebte wie Hillebobbes Vater.

Die angeblich Verdorbene setzte nun Jahr für Jahr einen Wurf wunderschöner reinrassiger Schäferhündchen in die Welt, an die sie ihre Muttergefühle gleichmäßig verteilen konnte. Elf auf einmal wurden es nie wieder, aber auch nie wieder verwandelte sich die Mutterliebe in Hass, wenn die Welpen groß wurden. Sie wurden auch immer bald verkauft, und die Großmutter erhielt dafür die immer knapper werdenden Lebensmittel. Senta wurde ein glücklicher Hund, der bei meiner Tante nie den Versuch machte, nach Hause zu laufen. Hillebobbe blieb bis zu ihrem Tod bei der Großmutter, die so stolz auf sie war, als wäre sie Eigentümerin sämtlicher edler Hundestammbäume der Welt. Als der Krieg seinen Tribut an Menschenleben auch von meiner Großmutter forderte, lernte diese allmählich, auf welche Ehre es wirklich ankam, und Hillebobbe wurde zu einer großen Trösterin.

Der Wilde und der Sanfte

Nach dem Ersten Weltkrieg, zur Zeit der Inflation, als ein Ei in der Stadt eine Million Mark kostete, erinnerten sich einige einst wohlhabende Großstadtfamilien an ihre arg rückständigen Verwandten auf dem Lande in Mecklenburg. So wurde meine zehnjährige Schwester zu einer Bäckerfamilie in Neubrandenburg geschickt, wo zum Frühstück ein ganzer Korb mit gekochten Eiern auf dem Tisch stand, während mein sechsjähriger Bruder und ich Neunjährige in die Nähe von Neubrandenburg auf das Gut eines Onkels kamen.

Die Tante hieß Fides, worüber wir uns nicht genug verwundern konnten, weil sie gar nicht fidel, vielmehr ziemlich humorlos war. Wir sahen sie tagaus, tagein damit beschäftigt, Petroleumlampen zu putzen, die abends, wenn es dämmrig wurde, jeder Hausbewohner mit sich herumtrug. Die Lampen hatten glänzende Messinggestelle unter dem milchweißen Glasschirm, und bis auf die Gästelampen hatten sie alle Namen.

Die Lampe von Onkel Rudolf hieß «Frieden», und wenn er sich anschickte, Feierabend zu machen, seine Reitstiefel mit Pantoffeln zu tauschen, sich ein Pfeifchen anzuzünden und in seinem Sessel niederzulassen, rief er vorher nach oben zu seiner Frau: «Fides! Bring Frieden mit!» Tante Fides kam dann mit «Frieden» und «Wonne», ihrer eigenen Lampe, heruntergeschwebt. Die gebohnerten nackten Holzdielen knarrten kaum unter ihren leichten Tritten. Sie zündete die Dochte an, drehte an den Schrauben, bis es aus der Glasröhre nicht mehr qualmte, und wenn das sanfte Licht von «Frieden» und «Wonne» dem Onkel das Studium der Tageszeitung erlaubte, öffnete Tante Fides die Eisentüren zum großen Maul des Kachelofens und fütterte den Nimmersatten mit seinen abendlichen Holzkloben. Bald bollerte er gemütlich, und es wurde warm.

Dann stellte Tante Fides für sich ihren Klöppelbock auf mit seinen vielen Klötzchen und Gabeln und dem scheinbar verwirrten weißen Garn, das sich unter Fides' leichten geduldigen Händen auf wundersame Weise in Spitzen verwandelte; aber ehe sie sich niederließ, um mit der viel Aufmerksamkeit heischenden Arbeit zu beginnen, unterwies sie uns Gästekinder noch vorsorglich in der Handhabung unserer Gästepetroleumlampen und dem Gebrauch von Streichhölzern, die wir zu Hause immer noch nicht anfassen durften. Paulinchen aus dem Struwwelpeter hatte bei unserer Erziehung ganze Arbeit geleistet. Wir waren sehr stolz, hier bei der Tante und dem Onkel etwas so Gefährliches allein tun zu dürfen.

Den Rest des Abends durften wir uns dann auf harte Biedermeierstühle an den blank gebohnerten Tisch setzen, der mit einem Klöppelspitzendeckchen verziert war, schweigen, zusehen, wie der Onkel las und die Tante klöppelte, und uns langweilen. Karl August beobachtete mit Interesse, ich mit Mitleid, wie sich die zahllosen Fliegen zu Tode quälten, die auf den süßen Leim des braunen Klebebandes gegangen waren, das von der Decke herabhing. Trotz feinmaschiger Drahtgeflechte vor den offenen Fenstern und trotz der überall hängenden Fliegenfänger umschwirrten Fliegen und andere Insekten den leuchtenden

«Frieden» und die helle «Wonne», und auch unsere Schlafkammern wimmelten davon. Vom Mund meines schlafenden Bruders hatte ich einmal eine ganze Traube von Fliegen fortgescheucht, die sich dort zusammengeballt hatten. Ich wusste, auch bei mir würden sie sich, sobald ich einschlief, an allen feuchten Stellen meines Gesichtes in großen Massen versammeln. «Tja, vor dem Haus sind nun mal die Ställe», hatte der Onkel gebrummelt. «Da gewöhnt man sich an.» Und tatsächlich, wir Kinder gewöhnten uns schnell «an». Niemand regte sich hier über etwas auf, was nun einmal nicht zu ändern und ein Teil von Gottes Natur war. Auch über die für uns Berliner Stadtkinder damals schon ungewohnten, sehr rückständigen sanitären Verhältnisse regte sich niemand auf. Im Hof vor den Schweineställen gab es einen nur in Mannshöhe mit Brettern eingefriedeten, für Männlein und Weiblein mit Sichtschutzwänden abgeteilten Donnerbalken über einer von Fliegen wimmelnden Grube. Wenn ich diesen übel riechenden Ort aufsuchen musste, machte ich es mir mitten zwischen den Mägden und Arbeiterinnen bequem. Die tauschten dort, sofern sie jung waren, ihre Erfahrungen mit dem männlichen Geschlecht aus. Dadurch begann ich erstmals leise zu ahnen, dass es, wenn ich erst groß sein würde, zwischen Männern und Frauen nicht mehr so normal zugehen würde wie unter kleinen Jungen und kleinen Mädchen. Da würde wohl irgendeine Kraftleistung von den Männern verlangt werden. Als eine Magd zur anderen sagte: «Dieser Schlappschwanz! Nach dem dritten Mal kann er schon nicht mehr», stellte ich mir vor, die gingen zusammen auf den Jahrmarkt, wo die Männer mit einem Hammer auf den Lukas schlagen müssten, damit ein Ring an einer Stange bis ganz nach oben getrieben würde. Offensichtlich konnte man als Mädchen nur jemanden heiraten, der mehr als dreimal das Ziel erreichte.

Stark also mussten Männer sein, die nicht verachtet werden sollten, und ich beobachtete mit mütterlicher Sorge meinen kleinen Bruder daraufhin, ob er wohl einmal stark genug werden würde. Er würde sicherlich noch viel üben müssen, und so war ich froh und stolz über jede Kraftprobe, der er sich aussetzte. Ich freute mich, als er eines stillen Abends, an dem wir artig und schweigsam sterbende Fliegen beobachteten, den Onkel ohne Scheu mutig ansprach: «Onkel

Rudolf, dürfen wir hier mal reiten?» Wir hatten nämlich gesehen, dass der Onkel einen ganzen Stall voller Pferde hatte.

Der Onkel blickte etwas zerstreut von seiner Zeitung auf, füllte sein Pfeifchen nach, nickte mit dem Kopf und antwortete: «Ja, ja, sicher.» Dann fesselte ihn wieder etwas anderes in seinen *Mecklenburger Nachrichten*. Tante Fides zählte leise und klöppelte angestrengt.

Karl August stieß mit seinen nackten Beinen unter dem Tisch an meine weißen Söckchen und flüsterte mir zu: «Morgen!»

Am nächsten Tag entließ uns die Tante nach einem reichhaltigen Frühstück wie immer mit ihrem gleichgültigen «Spielt schön draußen», und wir fassten uns wie immer an den Händen, um die für uns abenteuerliche Landwelt zu erkunden.

Vom Herrenhaus, das eher wie ein etwas groß geratenes Bauernhaus aussah, gelangte man in einen offenen Hof, an dessen drei bebauten Seiten außer den Wirtschaftsgebäuden auch Schweine-, Kuh- und Schafställe standen, vor denen ein trüber Jaucheteich vor sich hin stank. Durch die offene Seite führte eine ungepflasterte so genannte

Allee in das so genannte Dorf, das um einen größeren Teich, einen so genannten See herum angeordnet war, auf dem Enten schwammen. Wer dann zur Chaussee wollte, welche die Ortschaft mit der übrigen Welt lose verband, musste erst rund um den Teich herum an allen Dorfkaten vorübergehen. Der Weg wurde Allee genannt, weil rechts und links Pappeln standen, war aber eine Dorfstraße mit riesigen Schlaglöchern, unbefahrbar für Autos. Vor den Wohnkaten der Arbeiterfamilien kamen wir an einer Schmiede, einem großen Backofen und am Pferdestall vorüber. Darin sahen wir einen Knecht werkeln.

«Jetzt reiten wir», sagte mein Brüderchen, und ich fand das in Ordnung. Der Onkel hatte es ja anstandslos erlaubt. Ich selbst hatte wenig Lust zum Reiten, ich hatte Angst vor allen großen Tieren, aber ich fühlte mich für die Erziehung meines Bruders zu einem großen starken Mann, der einmal den Lukas oft genug bis nach oben treiben konnte, tief verantwortlich, ich musste ihm ja unsere gestorbene Mutter ersetzen. Allein durfte ich ihn nicht reiten lassen, also musste ich mit.

Wir gingen in den Stall, und ich sagte zu dem Knecht: «Guten Morgen, Herr Kernrebe ist unser

Onkel. Er hat uns erlaubt zu reiten. Würden Sie uns bitte zwei Pferde satteln?»

Der Knecht guckte uns zunächst etwas misstrauisch an.

«Wirklich! Wir dürfen!», sagte Karl August. «Und bitte, geben Sie mir ein recht wildes Pferd!»

Ich dachte, dass der Kleine von einem wilden Pferd herunterfallen könnte, einer von uns dann aber besser in Sicherheit blieb, und bat deshalb höflich: «Ich hätte gern ein recht sanftes Pferd.»

Der Knecht schüttelte den Kopf, aber wie viele mecklenburgische Landbewohner war er kein Freund von Worten. Wenn der Herr das erlaubt hatte, bitte. Diese fremden Kinder waren nicht seine Kinder, was ging ihn das an? Es waren nur noch wenige Pferde im Stall. Er sattelte stillschweigend einen dicken breiten Ackergaul, meinen Sanften, und das jüngere, schmalere Reitpferd des Onkels, das Wilde, hob uns auf den Sattel und ließ uns lostraben, ohne sich nach uns umzusehen.

Zuerst trabte allerdings Karl Augusts Wildes allein los. Mein Ackergaul blieb stehen.

«Wie macht man denn, dass es losgeht?», fragte ich den kleinen Bruder.

«Du musst Hüh sagen und mit dem Bein gegen seinen Bauch klopfen.»

Ich sagte Hüh, klopfte mit den Beinen gegen den Bauch des Pferdes, und es ging auch los, allerdings gemächlicher als das des Bruders.

«Und wie macht man, dass es nach rechts oder nach links geht?»

«Rechts und links ist egal», sagte das Brüderchen, das noch immer nicht ganz sicher darin war, die rechte Hand von der linken zu unterscheiden. «Du musst einfach den Zügel an der Seite ziehen, wo du hinwillst.»

Ich zog aber nicht am Zügel, denn ich vertraute mich ganz dem Willen meines Sanften an, der hinter dem Wilden bleiben wollte. Beide gingen ganz einfach den Weg entlang, und der führte rund um den Teich, vorbei an allen Dorfkaten.

Frauen traten da heraus und starrten uns mit offenem Munde nach. Karl August warf sich in die Brust. Er war mächtig stolz und sah hochmütig über das niedere Volk hinweg, das noch auf zwei Beinen gehen musste, während er, der mächtige Ritter, von oben auf sie herabblicken durfte.

«Wo wollen wir denn hin?», fragte ich, als wir

uns der Chaussee und dem Ende des Dorfes näherten.

«Och, irgendwohin, wo ich galoppieren kann», meinte der junge Herr.

Da sah ich ein Schild mit der Aufschrift: Neubrandenburg. «Die Chaussee geht ja nach Neubrandenburg, wo Annemarie ist!», rief ich. «Da reiten wir hin und besuchen die Verwandten!»

Der Bruder war auch begeistert. «Die werden staunen, wenn wir da plötzlich in die Stadt kommen!»

Gesagt, getan. Unsere Pferde zottelten von selbst von der Dorfstraße auf die Chaussee, und Karl August versuchte mit viel Hühgeschrei und wildem Schlagen seiner Beinchen den Wilden in schnelleren Trab zu bringen; der fühlte sich jedoch nur am Rist, nicht am Bauch gekitzelt. Sechsjährige Beine sind zu kurz.

Von ferne nahte ein Auto mit der damals üblichen Geschwindigkeit von zwanzig Stundenkilometern. Dessen Insassen wollte Karl August unbedingt imponieren. Er vermehrte seine Anstrengungen, und als das Auto näher kam und er sah, dass einige junge Leute in dem offenen Gefährt saßen, tanzte er wie ein Zwerglein auf dem Rücken des Wilden und schrie: «Hüh! Hüh! Hüh!»

Darüber amüsierten sich die Leute im Kabriolett. Beim Vorbeifahren schrien sie laut: «Juhuhh! Juhuhh!», was das Pferd aus seiner Ruhe aufschreckte. Es begriff endlich, dass es irgendetwas tun sollte, machte einen großen Satz, stellte sich auf seine Hinterbeine, wodurch sein Reiter zu Boden rutschte, und stob galoppierend davon über den abgeernteten Acker in Richtung Horizont.

Der große Held lag erstaunt auf der Erde und rieb sich die Hinterbacken.

Mein braver Sanfter blieb stehen und ließ den Kopf hängen. Mir kamen die Tränen: «Karl August», weinte ich, «weißt du, was ein Pferd kostet? Das muss Vati jetzt dem Onkel Rudolf bezahlen!»

«Gib mir dein Pferd, ich reite ihm nach und hole es zurück», schlug Karl August vor, der fassungslos seinem entschwundenen «Wilden» nachstarrte, «auf deinem Pferd kann man sich besser festhalten.»

«Bestimmt nicht», heulte ich, «du bist einfach noch zu klein. Ich kann mich ja selber kaum halten. Du darfst auch nicht allein bleiben. Das Pferd wird nun eingefangen und gestohlen werden. Es ist verloren, und der arme Vati muss es bezahlen, wo doch Inflation ist! Da werden wir jetzt ganz, ganz arm! O du Dummer! Warum hast du auch galoppieren wollen!»

«Ich habe doch keine Schuld!», verteidigte sich der Bruder, «das waren doch die blöden Leute in dem Auto! Die haben so geschrien, das hat das Pferd erschreckt!»

Jetzt weinte auch der Kleine.

Da kam ein etwa fünfzehnjähriger Dorfjunge auf einem Fahrrad angeradelt. Er sah uns Unglückswürmer weinen, stieg von seinem Rad und erkundigte sich nach dem Grund unseres Kummers. Er glaubte, der Bruder habe sich wehgetan. Als er hörte, dass dessen Pferd herrenlos über den Acker gelaufen und am Horizont verschwunden war, sah er die Chance seines Lebens, auch einmal reiten zu dürfen.

«Kein Problem», sagte er ganz väterlich im Großmannston. «Das kriegen wir. Gib mir dein Pferd. Ich reite dem anderen nach und hole es. Wartet nur hier und haltet inzwischen mein Fahrrad fest. Ich komme dann mit beiden Pferden zurück.»

Das war die Rettung! Glücklich rutschte ich von meinem Sanften hinunter, der Dorfjunge hob sich mit einem Klimmzug in den Sattel, schlug dem dicken Gaul mit seinen nackten Beinen in die Weichen, und tatsächlich – galopp, galopp –, das sanfte Tier setzte sich in galoppierende Bewegung, während der Junge eine perfekte Jockeyhaltung einnahm und sich an Zaum und Mähne festklammerte. Auch er ritt über den Acker in Richtung Horizont, wurde immer kleiner und verschwand uns endlich ganz aus den Augen.

Wir hielten gemeinsam das Rad fest und warteten. Wir warteten und warteten. Wir standen ganz still und rührten uns nicht. Gelegentlich fuhr ein Auto an uns vorbei, aber wir ließen uns nicht merken, dass wir Hilfe benötigten.

Als Karl August sagte: «Ich habe Hunger», dämmerte es mir, dass der Junge nicht wiederkommen würde, dass er, wie Hans im Glück, nur umgekehrt, sein altes Fahrrad gegen ein viel kostbareres Pferd eingetauscht hatte. Jetzt musste unser armer Vater zwei Pferde bezahlen. Das war zu viel für mich. Abermals brach ich in lautes Weinen aus und steckte meinen unbekümmerten Bruder damit an.

Es gab nur noch eine Hoffnung. Wir mussten dem Jungen über den Acker nachgehen. Vielleicht gab es hinter dem Horizont ein Dorf, in dem man die Pferde und den Jungen gesehen hatte. Vielleicht klauten dort nicht alle Leute wie in Berlin und wie der Junge. Vielleicht gab es dort einen ehrlichen Menschen, der uns half, die Pferde wiederzubekommen.

Also nahm ich mit frischem Mut das Fahrrad des Jungen und versuchte, es über den Acker zu schieben. Es ging schlecht, und ich forderte Karl August auf, hinten nachzuschieben. Plötzlich hatte ich Lenkstange mit Vorderrad in der Hand und mein Bruder Sitz und Hinterrad. Das Fahrrad war in zwei Teile auseinander gefallen. Nun war alles aus! Das war die endgültige Katastrophe! Jetzt gab es für meinen armen Vater überhaupt keine Rettung mehr vor dem totalen Ruin! Jetzt musste er außer zwei Pferden auch noch ein Fahrrad bezahlen! Wir würden von nun an betteln gehen müssen! Wir würden von nun an zu der Schar Zerlumpter gehören, die in Berlin am Kurfürstendamm auf der Erde saßen und den Menschen ihre Hüte entgegenstreckten! Wir würden obdachlos werden!

Mit der Schilderung dessen, was uns nun bevorstand, brachte ich auch Karl August zum hemmungslosen Schluchzen: Tante Fides und Onkel Rudolf werden uns hinauswerfen! Wir müssen allein zu Fuß nach Hause laufen, denn wir haben ja kein Fahrgeld. In Berlin müssen wir unserem Vater beichten, was wir angerichtet haben. Dann wird der weinen und alles verkaufen, was er besitzt, seine schönen Bilder, alles, an dem er hängt. Dann wird unser liebes Dienstmädchen entlassen werden müssen, in unsere Wohnung werden andere Leute einziehen, wir müssen all unser Spielzeug abgeben und dann hinaus auf die Straße zum Betteln.

Da wir die zwei Fahrradteile nun tragen mussten, war keine Aussicht mehr, irgendein Nachbardorf hinter dem Acker zu erreichen. Das schafften wir nicht. Wir schleppten die Radhälften keuchend und schluchzend auf Nebenwegen um unser Dorf herum und erreichten mit letzter Kraft den Stall. Vielleicht war ein Wunder geschehen, alles ein Traum, und die Pferde standen da, wo wir sie hergeholt hatten?

Welch trügerische Hoffnung! Der Stall war völlig leer. Kein einziges Pferd, kein Mensch. Auch im Dorf, um das wir herumgeschlichen waren, hatten wir keinen Menschen gesehen. Jetzt gab es keinerlei Hoffnung mehr für uns. Wir waren verloren. In das Haus des Onkels wagten wir uns nicht.

Karl August sagte: «Ich habe Hunger, und ich bin müde.»

«Dann leg dich ins Stroh», befahl ich. «O du Dummer, hättest du doch nicht immer Hüh gesagt!» In diesem Anspornen des Wilden und dem Hühsagen des Bruders, das ich nicht verhindert hatte, sah ich unsere ganze schreckliche Schuld.

Karl August warf sich in das frische Stroh im Gang, schloss die Augen, und bald krabbelten Fliegen auf seinen nassen, schmutzig gewordenen Pausbäckchen. Ich scheuchte ihm still weinend die Fliegen weg und schlief darüber auch ein.

Wir wachten von einem hellen Lichtschein und von lauten Rufen auf: «Da sind sie ja!»

Es war Nacht. Unzählige Menschen standen mit Laternen um uns herum. In den Boxen schnaubten alle Pferde, kein einziges fehlte, auch der Wilde und mein Sanfter waren dabei.

Onkel Rudolfs «Frieden» schwankte hin und

her, und Tante Fides' «Wonne» hüpfte vor Freude. Sie schien wirklich fidel. Es waren aber nur Stalllampen, die sie in ihren Händen trugen. Alle lachten. Niemand war böse. Es war alles wieder gut. Wir brauchten nicht betteln zu gehen, Vati musste seine Bilder nicht verkaufen. Auch die zwei Radteile des Jungen waren plötzlich wieder zusammengeschraubt. Jeder kannte hier den Trick, Schrauben herauszuziehen, ehe man sich vorübergehend von seinem Rad trennte. Dann konnte kein Dieb mehr etwas damit anfangen. Der Junge stand lachend mitten unter den Leuten, sein Fahrrad an der Hand, und tat so, als ob er uns noch nie gesehen hätte.

Erst war meines Bruders Wilder ohne Reiter in den Stall gekommen. Jedes herrenlose Pferd findet schnell nach Hause; das wussten wir nicht, aber der Junge. Als er sich müde geritten hatte, ließ er meinen Sanften frei laufen, und der trottete ebenfalls allein in seinen Stall. Der Knecht bemerkte erst spät die beiden zurückgekehrten Pferde und entschloss sich noch später, dem Herrn die Meldung zu machen, dass die beiden Kinder wohl verunglückt sein müssten, denen er die Tiere hatte satteln sollen. Nun startete der Onkel eine große Suchaktion, an der alle Leute des Dorfes teilnehmen mussten, auch der Junge. Der aber tat, als wisse er von nichts. Erst im Dunkeln kehrten alle Suchenden zurück, und da lagen wir im Stroh und schliefen!

Onkel Rudolf konnte nicht leugnen, auf die Frage: «Dürfen wir mal reiten?», geantwortet zu haben: «Ja, sicher.» Vorwürfe aber, die ihm mein Vater machte, wehrte er entrüstet ab. «Ich kann doch nicht ahnen, wie weltfremd und rückständig du deine Kinder erziehst! Meinen Kindern ist so etwas nie passiert.»

Die lachende Gouvernante

Nachdem wir Stadtkinder auf dem Lande bei Onkel und Tante allerlei Schaden angerichtet hatten, wurden wir nicht mehr ohne eine Aufsichtsperson eingeladen. Unsere Gouvernanten wechselten fast jedes Jahr, weil jede darauf hoffte, unser verwitweter Vater werde sie heiraten, wovon der aber immer wieder Abstand nahm. Von Jahr zu Jahr wurden die Damen, die mein Vater engagierte, älter und hässlicher, und unverheiratete Damen der damaligen Zeit, die älter und hässlicher geworden waren, verloren allmählich ihren Lebensmut und ihren Humor. Weil sie ohne Freude waren, versauerten sie und waren dann auch für Kinder nicht mehr liebenswert. So kam es, dass wir unsere ältlichen, bemitleidenswerten Aufsichts- und Erziehungspersonen aus ganzem Herzen hassten. Ihre fest hinter ihr Fischbeinkorsett eingesperrten inneren Werte konnten wir weder entdecken noch uns daran erquicken.

Fräulein von Schlotterbek war ein besonders trauriges Exemplar dieser Gattung unglückseliger alter Jungfrauen. Es wurde von ihr verlangt, dass sie uns abends vorlas, damit wir die deutsche Sprache schätzen lernten. So las sie sehr langsam, jeden Konsonanten betonend, damit wir uns dabei auch die Orthographie einprägten, und wenn sie frei erzählte, was auch vorkam, verwendete sie dabei sehr vornehme, edle Worte. Sie wählte beispielsweise für «geben» nur «s-penden» und für «schlafen» nur «schlummern». Als sie uns einmal mittags zum S-peisen rief, staunte mein kleiner Bruder: «Oh, Fräulein von Schlotterbek braucht ‹S-peisen› für Prosa!», und ahmte dabei ihre norddeutsche S-prechweise nach.

Unsere Großmama verlangte, dass Fräulein von Schlotterbek mit uns sang, damit wir musikalisch würden, aber diesen Befehl verweigerte sie. Sie könne nicht singen, behauptete sie. Es sei ihr ganz und gar unmöglich. Das hatte zur Folge, dass ich überzeugt davon war, Fräulein von Schlotterbek sei eine böse Frau. In mein Poesiealbum hatte nämlich jemand den Spruch geschrieben: «Wo man singt, da lass dich ruhig nieder. Böse Menschen haben keine Lieder.» Sie selbst schrieb mir hinein: «Wer mit dem Leben spielt, kommt nie zurecht. Wer sich nicht selbst befiehlt, bleibt stets ein Knecht», und gab mir das Büchlein mit einem streng ermahnenden Blick zurück: «Erinnere dich dieses Spruches wohl, mein liebes Kind. Wenn du so undiszipliniert bleibst, wie du bist, wirst du einmal ein sehr unglücklicher Mensch werden.» Ich habe ihn nie vergessen, weil er mir viel zu denken gab. Kein Mensch, den ich kannte, war disziplinierter als Fräulein von Schlotterbek, aber keiner war auch unglücklicher.

Mein Vater konnte oft sehr witzig sein, und er liebte es, uns bei Tisch zum Lachen zu bringen. Fräulein von Schlotterbek lachte niemals. Sie verzog keine Miene, auch bei den lustigsten Geschichten nicht. Darunter litten wir alle sehr. Es war quälend, dass sie das Lachen für ein Zeichen von Undiszipliniertheit und Hemmungslosigkeit hielt, etwas, was man nur Proleten nachsehen konnte. Vornehme Leute durften bestenfalls lächeln. Wegen der vielen Fliegen und Mücken auf dem Lande begleiteten uns die meisten Gouvernanten nur ungern auf das Gut von Onkel und

Tante, aber Tante und Fräulein von Schlotterbek vertrugen sich gut. Auch Tante lächelte nur in Augenblicken höchster Freude und war dem Lachen abgeneigt. Onkel war schweigsam, sprach und lachte auch selten. In diesem Hause fühlte sich Fräulein von Schlotterbek offensichtlich anerkannt und richtig gewertet. Hier erregte sie mit ihrer Disziplin und strengen Sittlichkeit Bewunderung und Achtung, und das machte sie dann gelegentlich auch etwas freier. Hier erzählte sie auch einmal andere als nur streng moralische Geschichten.

Eine davon vergaß ich nie. Fräulein von Schlotterbek war als junges Mädchen einmal ins Wasser gefallen und wurde als scheinbar Tote herausgefischt, dann aber wieder belebt. Sie erzählte nun, wie es war, als sie starb. Ihr ganzes Leben sei wie ein Film noch einmal vor ihren Augen abgelaufen, dann sei sie in einen dunklen Tunnel geraten, an dessen leuchtend hellem Ausgang ihr verstorbener Großvater gestanden und ihr zugewinkt habe. Sie wollte auf ihn zueilen, da habe sie jedoch jemand zurückgezogen, und sie sei aufgewacht. «Liebe Kinder», sagte sie am Schluss ihrer Erzählung, «fürchtet euch niemals vor dem Tod.

Es ist ein göttliches Erlebnis. Ich wusste vorher auch noch nichts darob, aber nun bin ich gegen jede Todesangst gefeit.»

Die beabsichtigte Lehre aus der Geschichte habe ich mir wohl auch zu Gemüte geführt, mehr aber rätselte ich daran herum, was in diesem Zusammenhang das ungewohnte Wort «darob» für eine Bedeutung haben sollte. Es war wohl eine Vokabel mit einer schon sehr langen Vergangenheit. Tante war von dieser Geschichte immer wieder neu begeistert und nahm sie sich zu Herzen.

Ihre Informationen über den Tod und darüber, was man nach dem Tod zu erwarten habe, erhielten Tante und Onkel von ihrem Pastor in der Dorfkirche. Sie mussten jeden Sonntag hingehen, denn es gab dort wie in allen alten mecklenburgischen Dorfkirchen Chorgestühle neben dem Altar in Seitenlogen mit kunstvoll geschnitzten Lehnen und einer Balustrade vor den Sitzen, in denen die Gutsherrschaften Aug in Auge mit ihrem vollzählig versammelten Gutsgesinde zu sitzen und sich von ihm betrachten zu lassen hatten. Während des ganzen Gottesdienstes mussten sie dort ein würdiges, andächtiges Gesicht machen und durften sich keinerlei Unschicklichkeit erlauben. Sie mussten aufstehen, sich niedersetzen, die Hände falten, zu Boden blicken, aufmerksam lauschen, wie Sitte und Liturgie es befahlen; wehe, sie ließen sich einmal gehen, dann war die ganze Autorität, die sie über ihre Leute besaßen, wohl dahin. Vor jedem Gottesdienst wurden wir von Onkel, Tante und Gouvernante ernsthaft ermahnt, uns ganz sittsam, ruhig und anständig zu betragen. Wir müssten für die Leute und deren Kinder ein Vorbild sein.

Nun war es damals in Mecklenburg Sitte, dass der Pastor die Liturgie nicht sprach, sondern sang. Für musikalische Pfarrer mit einer angenehmen Stimme war das keine besondere Zumutung. Unser Seelenhirte jedoch wurde damit völlig überfordert. Es wurde eigentlich nur die Beherrschung der Terz-Töne von E bis G von ihm verlangt, die immer wiederholt werden mussten. Beim Vaterunser beispielsweise sollten die ersten acht Silben «Va-ter un-ser, der du bist im» auf dem gleichen Ton G gesungen werden. Dann kam der Absprung hinunter auf das drei Töne tiefere E, worauf dann die Silben «Hi-him-mel» über das Fis wieder hinaufklettern sollten zum Anfangs-G, also E Fis G. Dorthin kam unser Pastor aber niemals wieder, viel zu tief war er schon bei der Suche nach dem E gesunken. Ohne fremde Hilfe wäre er genötigt gewesen, die folgenden Silben «dein Na-me wer-de ge» bereits auf einem F ertönen zu lassen, woraufhin er bei «ha-heiligt» gänzlich im Keller gelandet wäre. Der arme Mensch hatte deshalb mit dem Organisten abgesprochen, dass dieser ihm nach dem immer missglückten Aufstieg von E zu G eine Hilfe gab und ihm den Ton G neu dreimal anschlug. Daran hangelte sich der Pastor wieder auf die gewünschte Höhe und begann die nächsten Silben mit dem richtigen Ton, sank aber schon nach dessen ersten zwei, drei Wiederholungen hoffnungslos ins Bodenlose ab. Da die Liturgie sehr lang war und die Leistung, vom G zum E und von dort wieder zum G zu finden, unendlich oft verlangt wurde, erklang nach jedem aufsteigenden «ha-hei-ligt» oder «Hi-him-mel» ein immer ungeduldiger werdendes, schrilles, dreimaliges G auf der Orgel. Das hörte sich an, als spielten der Organist mit seinem lockenden, fordernden Gee Gee Gee und der Pfarrer mit seinen verunglückten Terzen ein lustiges «Fang-mich-doch»-Spiel. Onkel und Tante wären niemals auf den Gedanken gekommen, einen alten Brauch zu ändern, weil jemand an dessen Durchführung scheiterte. Wer nicht kann, der muss. So waren auch die Dorfbewohner erzogen, die mit steinernen Gesichtern, genau wie die Herrschaften, dem grausamen Exerzitium lauschten. Nur mein Bruder und ich rutschten in unserem hohen Patriziergestühl immer tiefer nach unten, damit wir unsere Gesichter hinter der Balustrade verbergen konnten, denn wir fürchteten uns sehr, die Anstandsregeln verletzen und lachen zu müssen.

Da hörte ich plötzlich einen ganz leisen Piepston. Erst dachte ich, ein Mäuschen habe sich in die Kirche verirrt, dann sah ich Fräulein von Schlotterbek. Ihr Gesicht war hochrot, als ob sie jeden Augenblick der Schlagfluss treffen würde. Sie atmete schwer, ja sie keuchte, sie griff sich mit beiden Händen an den Mund, von dem die merkwürdigsten Piepstöne ausgingen, denen nun Schnauftöne folgten. Wieder lockte der Organist den Pastor mit seinem G G G aus der Tiefe, da brach die Urgewalt aus Fräulein von Schlotterbeks vor den Mund gehaltenen Händen. Stöhnend sank sie auf die Knie, versteckte sich wie wir hinter der Balustrade vor den missbilligenden Blicken der gestrengen Gemeinde und gab dort die allererstaunlichsten Laute von sich. Tränen strömten ihr aus den Augen, ihr Körper zuckte, zitterte und wand sich, der Mund prustete und gurgelte – Fräulein von Schlotterbek *lachte*. Sie lachte hemmungslos, zitternd, piepsend, jammernd, schluchzend, ja sie stand kurz davor, vor Lachen laut zu kreischen. Gee Gee Gee intonierte der Organist dazu, und der Pfarrer folgte mit Des Es F statt mit E Fis G.

Da kroch Fräulein von Schlotterbek aus dem Chorgestühl hinaus, eilte zur Kirchentür, mein Bruder und ich hinterher, und draußen fielen wir uns alle drei in die Arme und lachten wie die Wahnsinnigen. Tränenüberströmt keuchte Fräulein von Schlotterbek: «Dass der Pfarrer so falsch gesungen hat, das war nicht das Schlimmste, aber dieses Gee Gee Gee der Orgel, das auch dem Unmusikalischsten unbarmherzig klar machte, wie tief der arme Mann gesunken war, das hat mich einfach zers-prengt!»

Es war, als hätte Fräulein von Schlotterbek plötzlich ihr Herz hinter dem Fischbeinpanzer ihres Korsetts hervorgeholt. Wir sahen sie mit ganz anderen Augen an. Sie ging zu Fuß mit uns ins

Herrenhaus zurück. Völlig undiszipliniert ließ sie Onkel und Tante allein in ihrem Kutschwagen fahren. Und was tat sie auf diesem Gang durch die Wiesen und Felder? Sie pfiff! Sie konnte zwar nicht singen, wie sie behauptete, aber sie konnte pfeifen, und wie! Sie war eine Pfeif-Virtuosin und konnte mit gespitztem Mund sämtliche Koloraturarien und Flötenpartien der großen Opern und Konzerte auswendig nachpfeifen. Und dieser begabte Mund hatte lernen müssen, dass eine Dame weder pfeifen noch lachen darf, und war nie geküsst worden, weil er dafür viel zu diszipliniert geworden war.

In memoriam Leda

Haben Sie schon einmal in einem Altbau ohne Fahrstuhl im vierten Stockwerk gewohnt? Ja? Dann sind Sie gesund.

Aber haben Sie schon einmal in einem Altbau ohne Fahrstuhl im vierten Stockwerk als Frau allein mit zwei kleinen Kindern nebst Kinderwagen gewohnt? Wieder: Ja? Dann sind Sie recht sportlich.

Doch haben Sie schon einmal in einem Altbau ohne Fahrstuhl im vierten Stockwerk als Frau allein mit zwei kleinen Kindern nebst Kinderwagen gewohnt, wenn Krieg ist, wenn Sie schwanger sind und wenn häufige nächtliche Fliegeralarme stattfinden? Immer noch: Ja? Dann sind Sie eine medaillenverdächtige Athletin.

Aber haben Sie auch schon einmal in einem Altbau ohne Fahrstuhl im vierten Stockwerk als Frau allein mit zwei kleinen Kindern nebst Kinderwagen gewohnt, als Krieg war, als Sie schwanger waren und als häufige nächtliche Fliegeralarme stattfanden und Sie in dieser Zeit auch noch eine durchfallkranke Dänische Dogge zu betreuen hatten, die Tag und Nacht Gassi gehen musste? Jetzt müssen Sie passen? Ich nicht. Seither können mir ein Luis Trenker oder ein Reinhold Messner nicht mehr imponieren. Ihre Bergkraxeleien sind ein Kinderspiel gegen meinen pausenlosen Kampf mit den 84 Treppenstufen unseres Altbaus!

Ich will erzählen, wie es dazu kam. Ich lebte seit Kriegsbeginn 1939 allein mit den zwei kleinen Kindern und dem halben Kind im Bauch in dem besagten vierten Stockwerk, weil mein Mann, wie alle gesunden Männer, «im Felde» war, wie man so schön sagte. Da er auch schon den Ersten Weltkrieg «im Felde» hatte verbringen müssen, war er inzwischen zum Hauptmann befördert worden.

Ich verbrachte meine Tage damit, erst den Kinderwagen und dann jedes Kind einzeln hinunterzutragen, dann beim Bäcker, beim Fleischer, im Kolonialwarenladen, am Gemüsestand und beim Kohlenhändler, bei jedem einzeln, versteht sich, Schlange zu stehen, um Geld und Lebensmittelmarken gegen Waren einzutauschen und dann Kinderwagen, Waren und Kinder ratenweise wieder nach oben zu transportieren. In den Nächten ging es bei Fliegeralarm ebenfalls ratenweise in den Keller, einmal erstes Kind, einmal zweites Kind, einmal Koffer mit dem Notgepäck und nach der Entwarnung ratenweise wieder nach oben. Immer 84 Stufen. In den Kellerräumen standen dreistöckige Kasernenbetten mit Wolldecken, in denen wir meist bis zur Entwarnung weiterschliefen.

Eines schönen Tages im November klingelte es an meiner Wohnungstür. Ich öffnete und fuhr gleich zurück vor Schreck. Ein riesiger gelber Hund mit Schaum vor dem Mund hechelte mich an. Nur mit Mühe hielt ihn ein Soldat am Halsband fest. Er benötigte beide Hände dazu und konnte deshalb auch nicht stramm mit «Heil Hitler» grüßen, wie das seine Pflicht gewesen wäre. Er sagte nur: «Ruhig, Leda! Ganz ruhig! Keine Angst, Frau Hauptmann, sie tut Ihnen nichts! Ruhig, Leda! Ich soll den Hund bei Ihnen abliefern, der ist dem Herrn Hauptmann zugelaufen. Er kann ihn nicht gebrauchen. Sie sollen ihn nehmen.» Und schon ließ er den Hund los, stieß ihn in den Flur, machte stramm «Heil Hitler!» und stürmte die Treppen wieder hinunter.

«Halt!», schrie ich. «Halt! Wie soll ich denn den Hund …!»

Aber der Soldat war weg, und Leda drehte sich in meinem kleinen Flur hechelnd, schnüffelnd und sabbernd im Kreise. Ehe sie die Kinder entdecken und verschlingen konnte, schloss ich die Kinderzimmertür mit dem Befehl: «Ihr bleibt jetzt da drin! Kommt auf keinen Fall heraus!» Dann sperrte ich die kalbsgroße Dänische Dogge ins Schlafzimmer und fiel in der Küche erst einmal auf einen Stuhl. Im Kinderzimmer heulten die Kinder, im Schlafzimmer rumorte es verdächtig.

Was sollte ich jetzt tun, um Himmels willen! Ich hatte keine Ahnung, was Hunde fressen oder wie man mit ihnen umgeht, ja, ich hatte bis dahin eigentlich immer Angst vor Hunden gehabt, noch aus alten Kindertagen. Um Rat fragen konnte ich niemanden. Ich konnte die Kinder doch nicht allein mit dem Raubtier in der Wohnung lassen. Wenn es ein Dackel gewesen wäre, aber ein so riesiges Ungeheuer! Der war ja so groß wie ein

Panther! Wenn der Fleisch brauchte, waren wir doch das ideale Fressen für ihn!

Den Nazis war sehr an reichlichem Kindersegen gelegen, und so bekamen schwangere Frauen zusätzliche Lebensmittelmarken. Offenbar glaubten sie, alles, was dick macht, sei gut für Schwangere, und so hatte ich in der Speisekammer viele Tüten mit Grieß, Haferflocken und Gerstengrütze. Ich beschloss, für Leda einen Gerstenbrei zu kochen, und füllte damit eine Blechwaschschüssel. Bis dieses Futter abgekühlt war, ging ich zu den Kindern und bereitete sie auf unseren neuen Gast vor. Dann wagte ich mich vorsichtig ins Schlafzimmer. Darin hatte es inzwischen geschneit. Leda hatte sich geschüttelt, tat es jetzt demonstrativ noch einmal, und dabei waren ihre Fellhaare wie aus einem zerrissenen Daunenbett in die Luft geflogen und hatten sich langsam wie Schneeflocken auf alles niedergelassen, was sich im Zimmer befand. Erst knurrte sie mich an, dann aber stürzte sie sich hungrig auf den Brei. Dabei entwickelte sie eine Fresstechnik, die ich nie wieder bei einem Hund beobachtet habe. Sie nahm immer ein Maul voll, trug es in eine Zimmerecke, spuckte es dort auf den Teppich, und nur wenn sie in mindestens vier Zimmerecken eine Portion niedergelegt hatte, wagte sie, eine davon wirklich aufzuschlecken und herunterzuschlucken. Auch als ich ihr später Knochen und Fleischereiabfälle mit dem Brei kochen und vorsetzen konnte, war sie von der Methode, sich im ganzen Zimmer auf dem Teppich Vorräte anzulegen, niemals abzubringen. Auf dem Balkon fraß sie gar nicht. Ganz offensichtlich war sie krank und litt an irgendeinem Vitaminmangel, denn ihr Haarausfall war beängstigend. Mein vorsintflutlicher Staubsauger wurde der Haarmassen nicht Herr. Vor allem auf den Teppichstellen, auf denen Leda ihre feuchten Vorräte anlegte, hafteten sie wie mit Leim angeklebt. Ich ekelte mich entsetzlich. Dazu kam, was ich kurze Zeit später bemerken sollte, dass Leda auch an Durchfall litt.

Sollte ich etwa jede Stunde mit dem Tier auf die Straße gehen? Ich holte viel Erde auf den Balkon. Ich baute ihr einen Baum, ich versuchte alle psychologischen Tricks, um das gut erzogene, stubenreine Tier dazu zu bewegen, den Balkon als Ersatztoilette zu benutzen – es war nichts zu machen. Eher heulte sie sich die Seele aus dem Leib, als dass sie diesen Ersatz für den Baum und die Erde auf der Straße akzeptiert hätte. Wie eine Wilde rannte sie heulend auf dem Balkon hin und her, über die Erde weg, den «Baum» ignorierend, nein, sie verlangte, dass ich mit ihr die 84 Treppenstufen hinunter- und dann wieder heraufstieg.

Natürlich war mir klar, dass ich Leda nicht behalten konnte. Das war wirklich zu viel des Guten. Was hatte sich der Herr Hauptmann nur dabei gedacht?

Sobald es ging, trug ich Kinderwagen und Kinder hinunter, band Leda die Paketstrippe ans Halsband, mit der sie hergekommen war, und wanderte mit ihr zum Tierarzt, das heißt zu dessen Frau, denn er war auch «im Felde». Dort würde man wissen, was man mit einem zugelaufenen Riesenhund macht.

Nachdem Leda ihre Notdurft erledigt hatte, lief sie brav und sanft neben mir her. Die Kinder waren begeistert, obwohl sich auch die Dreijährige noch aufrecht unter die sabbernde Schnauze von Leda stellen konnte. Für sie war das Tier so groß wie für mich ein Pferd. Aber die Kinder fürchteten sich nicht. Leda knurrte sie auch nicht an, offensichtlich war sie kinderlieb.

Aber dann passierte es. Einige Hitlerjungen in Uniform marschierten vorbei, wie sie immer marschierten, auch wenn sie nur zu dritt oder zu viert waren. Da verwandelte sich die bisher sanfte und fügsame Leda in einen wütenden Wolf. Ich musste den Kinderwagen loslassen und mit beiden Händen das Halsband festhalten, sonst hätte das zähnefletschende, fast außer sich geratene Tier die Zehnjährigen zerfleischt. Erst als die heldischen Hitlerjungen vor Schreck davongelaufen waren, beruhigte sie sich wieder, aber bei jeder braunen Uniform fing sie wieder gefährlich an zu knurren.

Die Frau des Tierarztes sagte, sie wisse niemanden, der ein derart großes Tier in der gegenwärtigen Zeit durchfüttern könne und wolle. Ledas Krankheiten seien mit entsprechenden Medikamenten und vitaminreichem Futter durchaus heilbar, aber das könne man heutzutage ja nicht beschaffen. Andererseits sei Leda eigentlich noch zu jung, um sie einzuschläfern.

Einschläfern! Das Wort ging mir durch Mark und Bein. Mein Mann hatte das Tier wohl vor dem Einschläfern retten wollen, als er es zu mir schickte! Jetzt verstand ich ihn! Ich erzählte der

Ärztin von Ledas Wut beim Anblick der uniformierten Nazikinder. «Ach ja», meinte sie, «da ist das arme Tier wohl mal von Hitlerjungen gequält worden. Das vergessen Hunde nie.»

Ein Tier, das gequält worden ist, sollte ich einschläfern lassen? Ich brachte es nicht über mich. Ich begann Leda zu lieben. Die Ärztin schrieb mir Ersatzmedikamente auf, die richtigen waren nicht zu haben, und sie machte mir einen Ernährungsplan, für den Leda eine eigene Lebensmittelkarte hätte bekommen müssen. Von meinen Kinder- und Schwangerenkarten konnte man nur Grütze abzweigen.

Auf dem Rückweg kaufte ich eine stabile Leine und stellte mich außer bei der Apotheke noch beim Fleischer an. Ich bat ihn, mir Abfälle für den Hund aufzuheben, denn die Abdeckerei lag so weit am anderen Ende der Stadt, dass ich dorthin zu Fuß mit Kinderwagen und Kindern in Zeiten zwischen Fliegeralarmen nicht gelangen konnte.

So blieb es für Leda bei Grütze, von den Kindern geopferter Milch, Knochen und Innereiabfällen aus der Fleischerei und nutzlosen Medikamenten, und für mich blieb es bei einer von Haaren und klebrigen Schlabberresten verunzierten

Wohnung und einem unablässigen Treppauf-, Treppablaufen, Tag und Nacht, denn Leda musste unerbittlich, oft jede Stunde. Haben Sie schon mal in einem Altbau ohne Fahrstuhl im vierten Stock …?

Nur nachts im Keller bei Fliegeralarm konnte ich manchmal länger als eine Stunde hintereinander schlafen. Dann musste Leda nämlich allein oben bleiben. Ich wusste, dass sie sich in diesen Zeiten die Seele aus dem Leibe heulte, andere Leute erzählten es mir, aber aus dieser Notlage konnte ich sie nicht befreien. Das verhinderte der Luftschutzwart. Ich hörte sie unten nicht. Da hörte man nur Flakgeschütze, und die weckten mich nicht auf. Niemals, nicht ein einziges Mal, hat Leda es ausgenützt, dass sie allein war. Sie hat ganz entsetzlich gelitten, aber niemals hat sie den Balkon oder die Wohnung als Ersatztoilette benutzt. Bis zur Entwarnung hielt sie eisern durch. Sie war eine Heldin!

Leda wurde zu meiner Vertrauten. Ihr konnte ich alles sagen, sie verstand mich im tiefsten Herzen. Sie hasste, was ich hasste, und liebte, was ich liebte. Vor allem die Kinder liebte sie und wurde von ihnen wieder geliebt. Sie spielte mit ihnen

Ball und Verstecken, sie ließ sie auf sich reiten, Kinder und Hund übertrafen sich in gegenseitigen Zärtlichkeiten und gaben sich alle Streicheleinheiten, deren sie bedurften. Wenn es klingelte, wusste ich durch Leda, ob da jemand kam, dem ich vertrauen konnte, oder ob es jemand war, der im Herzen – in brauner Uniform oder nicht – ein Nazi war. Es war gut, dass ich die starke Leine gekauft hatte. Mit einer Paketstrippe hätte ich Leda nicht sehr lange von ihren Angriffen auf Hitlerjungen und alle Braun-Uniformierten zurückhalten können. Das Tauziehen mit ihr ging oft fast über meine Kräfte.

Im Frühjahr kam mein Mann auf Urlaub, der verantwortungslose Hauptmann, der seiner jungen schwangeren Frau mit zwei kleinen Kindern im vierten Stock so ein Riesentier aufgehalst hatte. Die Freude Ledas war unbeschreiblich. Wenn sie an ihm hochsprang, um ihm das Gesicht abzuküssen, war sie größer als er und warf ihn beinahe um. Seine Uniform akzeptierte sie. Er war ja bei der Luftwaffe. Bald war der ganze Hauptmann samt Uniform ebenso voller Hundehaare wie mein Teppich und meine Möbel und meine Kinder.

Solange der Herr Hauptmann da war, gingen wir bei Fliegeralarm nicht in den Keller. Er war Schutz genug für seine Familie, meinte er. Woher er die Gewissheit nahm, auf unsere Stadt würden keine Bomben fallen, weiß ich nicht, aber diese Gewissheit steckte an. Sogar der Luftschutzwart drückte ein Auge zu, wenn wir oben blieben im vierten Stock, weil er wohl annahm, ein Offizier habe irgendwelche geheimen Informationen, über die er als einfacher SA-Mann nicht verfügte. In Wahrheit hatte mein Mann schon zerbombte Städte gesehen und erkannt, dass der Keller unseres Hauses ebenso wenig wirklichen Schutz bot wie die Wohnung im vierten Stock. Unten würde der Tod nur etwas qualvoller sein und länger dauern als oben, wenn, Gott behüte, wirklich eine Bombe darauf fallen sollte. Brandbomben aber waren oben schneller zu löschen als unten.

Wenn jetzt die Sirene ertönte, nahmen wir die Kinder zu uns ins Bett, Leda sprang obendrauf, deckte uns alle zu und heulte nicht bis zur Entwarnung. Danach aber wurde es höchste Zeit, dass einer von uns wieder mit ihr nach unten lief.

Es war März. Draußen lag noch Schnee, es war

bitterkalt, aber vom strahlend blauen Himmel lockte die Sonne zu einem Spaziergang. Mein Mann nahm Leda und die beiden Kinder mit. Ich war froh, in Ruhe einige Hausarbeiten erledigen zu können, zu denen ich sonst vor lauter Treppab, Treppauf nicht kam. «Geht nicht zu weit weg, es könnte Alarm geben!», rief ich den vieren nach. «Wir gehen nur ans Flussufer, ich will Fotos machen von den Kindern und Leda», sagte mein Mann.

Es dauerte aber sehr lange. Das Mittagessen war schon gerichtet, und die Herrschaften kamen nicht. «Wo bleiben die denn», dachte ich, aber da klingelte es.

Ich riss die Tür auf, um zu schimpfen: «Das Essen wird schon kalt!» Da blieb mir das Wort im Halse stecken vor Schreck. Ohne Vater, ohne Leda, tränenüberströmt standen da meine beiden kleinen Mädchen und heulten: «Vati ist ins Wasser gefallen! Sein Kopf hat gar nicht mehr rausgeguckt!»

Das durfte doch nicht wahr sein! Da war mein Held jahrelang «im Felde» täglichen Lebensgefahren ausgesetzt, und hier zu Hause ertrank er am helllichten Tage bei strahlendstem Sonnenschein ohne jeden Fliegerangriff in Gegenwart seiner kleinen Kinder einfach so in unserem Stadtflüsschen?

«Das gibt's doch gar nicht!», schrie ich außer mir. «Doch», kam eine Stimme aus dem Keller, wo der Ertrunkene gerade den Rodelschlitten abgestellt hatte. Und nun bot sich mir ein Anblick, wie ihn Wilhelm Busch in seinem «Hänschen auf dem Eis» schon vorahnend gezeichnet hatte: Mit Eiszapfen im Gesicht, an den Haaren und an allen möglichen Stellen des Mantels kam der Hauptmann klirrend die Treppen heraufgestapft, neben ihm eine genauso klirrende, in Eiszapfen eingehüllte schlotternde Leda. «Leda hat ihn aus dem Wasser gezogen», berichteten die Kinder, und mein Mann sagte: «Leda hat mir das Leben gerettet.»

Der Fluss war gefroren und ebenso mit einer Schneedecke überzogen wie das Flussufer. Mein Mann hatte die Kinder und Leda fotografieren wollen und war dabei, die Kamera vor den Augen, immer weiter nach rückwärts gegangen. Er bemerkte nicht, dass er längst auf dem Eis stand, und brach plötzlich ein, sodass ihm das Wasser über dem Kopf zusammenschlug. Als er wieder hochkam und Luft schnappte, konnte er sich an den Eisschollen festhalten und rief nach Leda. Sie kam, er ergriff ihre Leine, und sie zog genauso stark, wie sie immer zog, wenn sie Hitlerjungen angreifen wollte. Einige Male brach auch sie ein, aber sie rappelte sich mit ihren vier Beinen immer wieder aufs Eis und schaffte es tatsächlich, ihrem Lebensretter das Leben zu retten. Sie wusste genau, was los war und was sie jetzt tun musste. Nur die Kamera ertrank.

Leda, du warst eine Heldin! Ich habe dich geliebt, wir alle haben dich geliebt trotz deiner Haare, trotz deiner Größe und trotz deiner schlabbrigen Fressgewohnheiten!

Eigentlich hatte ich meinen Mann bitten wollen, mich so schnell wie möglich von ihr zu befreien. Nun aber konnte ich mich nicht mehr von ihr trennen. Sie blieb bei mir, auch als der Mann wieder fortmusste, bis wir Frauen und Kinder nach einem schweren Luftangriff evakuiert werden mussten. Da rettete mein Mann sie noch einmal vor der verordneten Einschläferung und brachte sie aufs Land zu Verwandten. Aber sie entging ihrem Schicksal dennoch nicht. Die Russen kamen, die Familie musste fliehen. Da haben sie

Leda vorher sanft eingeschläfert, damit sie nach den schrecklichen Hitlerjungen nicht auch noch der kriegsverrohten russischen Soldateska in die Hände fiel.

Ich bin nach dem Krieg niemals wieder in einen Altbau ohne Fahrstuhl in einen vierten Stock gezogen, aber wenn ich so ein Haus sehe, denke ich an meine tapfere Leda.

Der Kapitän

Seine Enkel und auch meine Kinder nannten ihn Oof, meinen Nachbarn, den pensionierten Kapitän. Ich beneidete seine Familie um ihn. Was war das für ein schöner, vitaler und kluger Mann mit seinem grau melierten Kinnbart, seinen blitzblauen Seefahreraugen, seiner gesunden Kraft und seinem herrlichen Mutterwitz. So einen Mann «Großvater» oder «Opa» zu nennen wäre eine Beleidigung gewesen. Aber die Marine hatte ihn wegen seines Alters ausgemustert. So gehörten meine Nachbarn in den letzten Kriegs- und ersten Nachkriegsjahren zu den wenigen Familien im Ort, deren Frauen und Kinder einen richtigen Mann als Beistand im Überlebenskampf und als Schutz vor plündernden und vergewaltigenden Russen ihr Eigen nannten.

Oof konnte einfach alles. Er ersetzte einen Zimmermann, einen Elektriker, einen Klempner, einen Dachdecker und einen Märchenerzähler für die Enkel und deren Freunde. Vor allem aber: Er fischte. Gut, andere versuchten nach Kriegsende auch zu fischen, aber zu denen setzten sich die Besatzungssoldaten in die Boote und nahmen ihnen alles ab, was sie aus dem Meer zogen; oder, noch schlimmer, die konnten nicht verhindern, dass die hungrigen Russen Handgranaten ins Wasser warfen, um ohne Netz, einfach mit der Hand, die toten Fische herausholen zu können. Für Deutsche war Fischen ja verboten. Oof jedoch, der furchtlose Kapitän, fischte bei Nacht, wenn die Soldaten schliefen; und wenn einer der jungen Kerle in den braunen Pluderhosen und mit den zur Glatze geschorenen Köpfen gewagt hätte, ihn an etwas zu hindern, was er zu tun beschlossen hatte, dann wehe ihm! Oof hätte ihm befehlsgewohnt so vernichtend in die Augen geblickt, dass der augenblicklich zu Kreuze gekrochen wäre.

Oof war heiter, und er wurde immer heiterer, je schwerer die Zeiten wurden und je dringender man seiner Hilfe bedurfte. Nur einmal hatte ich ihn traurig erlebt, das war nach seiner Pensionierung. Da hatte er geklagt, dass sein Jugendtraum, nicht nur immer auf See zu leben, sondern einmal auch auf See zu bleiben, nicht mehr in Erfüllung gehen werde. Als Pensionär sei er nun verurteilt, an Altersschwäche oder irgendeiner Krankheit im Bett zu sterben, und das empfinde er als Schande. Er hing aber diesen trüben Gedanken nicht lange nach. Von Sterben war nicht die Rede. Oof war kerngesund und fühlte sich jung.

Nicht nur für seine Enkel war Oof das große Vorbild, auch die in seinem Gästehaus einquartierten Sudetenflüchtlingskinder himmelten ihn an. Sie gehörten zu einer Familie, die innerhalb von zwei Stunden aus ihrem seit Jahrhunderten vererbten Bauernhof im Riesengebirge vertrieben und ohne Vorbereitung und ohne auf ihre Männer warten zu dürfen in dies Fischerdorf an der Ostsee verfrachtet worden war. Sie konnten das Seeklima nicht vertragen, sie verstanden den Dialekt der Einheimischen nicht, es gab für sie keine Arbeit, sie hockten in den ofenlosen, nasskalten Zimmern des im Winter eigentlich unbewohnbaren Sommergäste-Häuschens, froren, weinten, froren, hungerten und weinten vor Heimweh. Auch unsere Väter, Brüder, Onkel und Großväter waren noch nicht aus dem Krieg heimgekehrt, auch wir waren fast nur Frauen und Kinder, aber diese Flüchtlinge waren noch hilfloser, weil sie Heimat und Besitz verloren hatten und sich in dieser Gegend nicht zurechtfanden.

Alle ihre Hoffnungen ruhten auf einem fünfzehnjährigen Sohn, Neffen und Enkel, der bald ein Mann zu werden versprach und Helmut hieß. Für Helmut war Kapitän Oof alles. Er hing an seinen Lippen, er ahmte ihn in allem nach, er sah in ihm nicht nur einen Vater, einen Lehrer, einen Lehrherrn, Oof war für ihn fast der liebe Gott. Auch den Frauen bedeutete der Kapitän viel, da Oof den Flüchtlingen immer etwas abgab von dem, was er auf erlaubten oder meist unerlaubten Wegen an Essbarem ergatterte. Es war für sie eine große Beruhigung, dass der vaterlose Helmut solch ein Vorbild hatte und durch ihn in der Fremde heimisch werden lernte. Sie gestatteten mit Freude, dass der Junge nachts beim Fischen half, da Oofs Enkelkinder dazu noch zu klein waren. Oof brauchte nur zu sagen: «Hüt Nacht», dann wussten Helmut und seine Verwandtschaft, dass er sich Punkt Mitternacht mit hohen Gummistiefeln, Südwesterjacke und Südwesterhut, die ihm der Alte geliehen hatte, am Strand einfinden sollte, wo das kleine Ruderboot des Kapitäns vertäut lag.

Aber das erfuhr ich erst später. In der damaligen Zeit erwartete niemand, auch von seinen besten Freunden nicht, dass man verriet, womit man seinen Hunger stillte. Unerlaubt war fast alles – sowohl das Fischen als auch der Handel mit Russenschnaps, womit ich meine Familie und die Flüchtlinge in meinem Haus ernährte. Was man eroberte, reichte nur für eine begrenzte Anzahl von Menschen, und man fütterte als Familienoberhaupt nur die, die einem räumlich am nächsten waren. Von Oofs Fischen konnten nur seine Familie und die bei ihm untergebrachten Sudeten leben, von dem, was ich von meinen Schnapshandelsfahrten heimbrachte, wurden nur meine Kinder und die bei mir Einquartierten satt. So ahnte ich damals nichts von meines Nachbarn nächtlicher Tätigkeit und er nichts von meiner.

Es war eine kälteklirrende Dezembernacht, als ich wieder einmal todmüde mit dem Bollerwagen meine Hamsterwaren durch das schlafende Dorf zog. Die Sterne leuchteten klar am schwarzen Himmel. Die riesigen alten Pappeln der Dorfstraße hielten ihre wenigen Winterblätter still an den unbewegten Zweigen und ließen sie nicht wie sonst leise rascheln. Kein Lüftchen wehte, und das Meer, das ich parallel zur Dorfstraße schwarz hinter Büschen und Dächern wusste, hielt offenbar den Atem an. Kein Rauschen war zu hören wie sonst, nur ein leises Hauchen, wie der Atem eines schlafenden Kindes. Ich wusste, jetzt war das Wasser spiegelglatt ohne jede Brandung und züngelte nur ganz verschlafen und behutsam an den Sand des kalten Strandes, bereit für den erwarteten Frost. Die Stille dieser Nacht wurde nur durch meine Schritte und das Rumpeln der Karre gestört. Ich versuchte, auf Sand zu treten und den Wagen vom Pflaster herunterzulenken. Ich fürchtete mich davor, einen solchen Lärm zu veranstalten. Der Mond schien nicht, aber die Sterne strahlten so stark, dass ich alles erkennen konnte.

Da hörte ich plötzlich einen Mann rufen. Es musste ein Russe sein, der bei irgendeiner Frau Einlass begehrte. Früher riefen sie einfach: «Frau! Frau! Komm!» Jetzt waren sie schon länger im Dorf und kannten einige Namen. Der Mann rief: «Hilde!» Ich überlegte, welche Hilde gemeint sein könnte. Dass die Russen trotz des Hungers, den sie mit uns teilen, noch so brünstig sein können, dachte ich. Vor meiner Tür hatte einmal einer gestanden, der rief immer «Fisch! Fünf Pfund Fisch!», um mich zum Öffnen der Tür zu verlocken.

Viel Geduld hatte dieser Mann, den ich da rufen hörte. Immer wieder, ruhig und drängend: «Hilde! Hilde!» Ich beglückwünschte meine Geschlechtsgenossin Hilde zu ihrer Standhaftigkeit. Sie öffnete ihre Tür nicht, ließ den Hirsch vor ihrer Tür vergeblich röhren. Die Zeiten, als Russen die Türen einfach einschlugen, waren ja gottlob vorbei. Der Mann gab lange nicht auf, aber endlich verstummte er doch.

Zu Hause angekommen, verstaute ich meine Waren und kroch dann erschöpft ins warme Bett unter die Decke zu meinen schlafenden Kindern. Morgen würden sie sich satt essen können.

Es war noch nicht ganz hell, da wurde ich unsanft geweckt. «Mutti! Komm schnell! Wir müssen alle suchen gehen! Oof und Helmut sind verschwunden!»

«Mach keine dummen Witze», wehrte ich mich. «Wo sollen die denn verschwunden sein, mitten in der Nacht.» Dann kam mir ein Gedanke: «Sind sie etwa in den Wald gegangen?» Im Wald war schon einmal jemand verschwunden, den hatten Russen erschossen und vergraben.

«Nein, sie sind fischen gegangen und nicht wiedergekommen. Das Boot ist auch weg.»

Nun wurde ich wach, voller Entsetzen, zog mich rasch an und rannte mit den Kindern an den Strand.

Gegen Mittag wurden sie angetrieben. Erst Helmut, dann Oof. Sie sahen rosig und blühend aus, kerngesund, als ob sie schliefen. Kein Schrecken, kein Grauen in den friedlichen Gesichtern. Das kleine Boot fand man nie wieder. Auch nicht die Netze. Sie mussten irgendwo auf dem Grund liegen.

Niemand wird je erfahren, wie so etwas in sternklarer Nacht bei völlig ruhiger See hatte geschehen können. Kein Russe hatte bei einer Hilde Einlass begehrt; es war Oof gewesen, den ich gehört hatte, und er hatte «Hilfe» gerufen.

Maria und der Heimkehrer

Ende 1947 erhielt ich von meiner Freundin Maria endlich das erste Lebenszeichen nach dem Krieg. Sie schrieb, sie habe die Absicht, sich wieder zu verheiraten, und dieser Entschluss komme einer Kapitulation gleich. Sie fühle sich außerstande, noch länger den aufreibenden Kampf um ihre und ihrer drei Kinder Existenz allein zu führen. Sie sei am Ende ihrer Kraft und ihres Mutes, denn die kleine Gärtnerei, die sie seit dem Tod ihres Mannes betrieben habe, floriere trotz aller Anstrengung nicht so wie gehofft. Als Bildhauerin sei sie nicht begabt und bekannt genug, um damit den Unterhalt für ihre Familie zu verdienen, als Gärtnerin zu wenig Geschäftsfrau, zu sehr Künstlerin, zu stark innerlich abgelenkt. Der ständige Kampf zwischen der Verpflichtung, ihre Kinder zu ernähren, und dem Drang zu künstlerischer Tätigkeit habe sie innerlich so zermürbt, dass sie den Antrag des Herrn S. als eine von Gott gesandte Hilfe in letzter Not betrachte. Herr S. sei der Besitzer einer großen, gut gehenden Gärtnerei in der Nähe, ja er sei die Konkurrenz, unter der ihr Geschäft so leide. Er habe vor einiger Zeit seine Frau verloren und ihr nun den Vorschlag gemacht, ihre Gärtnereien und ihr Leben zusammenzutun. Von Liebe sei keine Rede, weder bei ihm noch bei ihr, die ja, wie ich wisse, niemals ihren Mann vergessen könne. Es störe sie natürlich, dass Herr S. keinerlei Verständnis für Kunst zeige, andererseits sei er aber ein so anständiger, gutartiger Mensch, dass sie große Konflikte zwischen sich und ihm nicht befürchten müsse. Auch ihre Kinder seien ihm zugetan. Sie erhoffe von den materiellen Vorteilen dieser Eheschließung vor allem, dass sie mehr Zeit finden werde für ihre Bildhauerei, die ihr nun einmal, trotz der Erkenntnis ihrer nur mittelmäßigen Begabung, Lebensbedürfnis sei. «Bitte», schloss sie ihren langen Brief, «komm doch recht bald einmal zu mir. Ich habe mir Bedenkzeit ausgebeten und möchte gerne noch einmal mit dir darüber sprechen, obgleich ich eigentlich schon fest entschlossen bin.»

Dieser Brief bewegte mich sehr und machte mich unruhig. Meine Freundin Maria war mit einem außerordentlich feinsinnigen Bildhauer verheiratet gewesen und hatte die beste Ehe geführt, die sich denken lässt. Nur eines hatte ich immer bedauert, dass ihr eigenes, wirklich großes Talent stets im Schatten des überragenden ihres Mannes gestanden hatte und dass ihr Vertrauen zur eigenen Kraft so gering gewesen war. Ich musste sie sehr bewundern, dass sie nach Beendigung des Krieges, der alle Werke ihres Mannes zerstört hatte, aus dem Nichts eine Gärtnerei aufgezogen hatte. Das bewies Umsicht und viel praktischen Sinn. Aber war es jetzt nicht ein bisschen zu viel dieses praktischen Sinnes? Ich stellte mir Maria vor mit einer groben Sackschürze um ihren geschmeidigen Körper. War die nicht ein Panzer um ihre feine, beschwingte Seele? Musste sie jetzt nicht wie ein Vogel wirken, der anfangs im Käfig noch ängstlich flattert, sich dann aber mit stoischem Gleichmut an seine Gitter gewöhnt und nur noch Sinn hat für das Körner- und Wassernäpfchen?

Ich hatte bisher fest daran geglaubt, dass sie es einmal aus eigener Kraft fertig bringen würde, ihre Gitter zu sprengen und sich als Künstlerin durchzusetzen. Dieser Brief zerstörte solche Hoffnungen. Aber ihrem festen Entschluss, den kleinen Käfig mit einem großen zu vertauschen, würde ich wohl nichts Stichhaltiges entgegensetzen können. Durfte ich ihr raten, in diesen Zeiten ihre kleine Gärtnerei aufzugeben, die sie und ihre Kinder zur Not ernährte, und das Wagnis eines freien Künstlerberufes auf sich zu nehmen? Ihr Mann hatte sie ja leider davon überzeugt, dass das Modellieren nur ihr selbst Bedürfnis sei und Freude bereite, die Welt jedoch keinerlei Verlangen nach ihren Arbeiten habe. Wenn ich allzu begeistert das eine oder andere Werk ihrer Hände lobte, lachte sie nur und meinte: «Deine Begeisterung kann mich von nichts anderem überzeugen als von deinem mangelnden Kunstverständnis.»

Ich beschloss aber doch, sobald es meine Zeit erlaubte, zu ihr zu fahren und ihr den Heiratsplan auszureden. Ja, wenn dieser Herr S. noch ein Mann gewesen wäre, der wenigstens ihre Sinne angesprochen hätte. Aber gerade jetzt, wo die künstlerische Berufung in ihr so stark geworden schien, dass sie in ihrem Käfig zu ersticken drohte, wollte sie, anstatt sich zu befreien, sich nun endgültig der Gefangenschaft ausliefern? Ich hätte ihr ein besseres Los gewünscht, als lediglich materiell versorgt zu sein. Aber man durfte die drei Kinder nicht vergessen. Was konnte man dagegen sagen. Das Schicksal würde wohl seinen Lauf nehmen müssen. Aber ich hasste den Herrn Gärtnereibesitzer S. schon, ehe ich ihn kannte, aus tiefstem Herzen.

Mein geplanter Besuch verschob sich noch etwas, aber endlich war es so weit, dass ich in die kleine Siedlung hinausfahren konnte, wo Maria mit ihren Kindern ihre Zelte aufgeschlagen hatte.

Im Garten, der nicht gerade musterhaft gepflegt war und ein wenig zu üppig im ersten frischen Grün prangte, war niemand. Ich ging ins Häuschen und musste erst eine Weile pfeifen und rufen, bis Marias Stimme oben aus ihrem Dachstübchen antwortete und sie selbst, angetan mit einem fleckigen Malerkittel, eilig die Treppe herunterlief.

«Ach, du bist es», sagte sie, und in ihren Zügen malte sich ein klein wenig Enttäuschung. Gleich aber strahlte sie wieder über das ganze Gesicht, schloss mich in die Arme und führte mich in die «gute Stube».

Man kann nicht sagen, dass es darin sehr ordentlich aussah. An allem war zu merken, dass Maria an Repräsentation wenig lag. Kaum aber saß sie mir gegenüber, als ich die ganze Umgebung nicht mehr wahrnahm. Wie in ihren jungen Jahren strahlte Maria eine Heiterkeit, Frische und ursprüngliche Lebendigkeit aus, dass ich, wie schon vor dem Krieg, von dem Zauber ihrer Persönlichkeit völlig gefangen genommen wurde. Ihre kurzen, nun schon etwas grauen Haare fielen ungeordnet in die Stirn, Hände und Gesicht wiesen Spuren der Arbeit am Modellierton auf, aber genau wie in unserer Jugend wirkte ihre Nachlässigkeit wie ein ganz besonderer, nur ihr eigener Reiz. Eigenartig, dachte ich, nach ihrem Brief habe ich sie mir in einer Sackschürze vorgestellt, aber gut gewaschen und gekämmt, Garten und Haus in tadelloser Ordnung – einer Ordnung freilich, die zu ihr gar nicht passte. Aber nun saß sie mir so quicklebendig und unbekümmert wie früher gegenüber.

«Sag mal, wie alt bist du eigentlich?», entfuhr es mir, ohne dass ich es wollte.

«Du weißt doch, bald vierzig! Genau wie du. Warum fragst du?», antwortete sie lächelnd.

«Weil du mir vorkommst, als seist du eben erst zwanzig geworden», musste ich nicht ohne Neid feststellen. «Ist das vielleicht die Wirkung der Verlobung mit Herrn S.?»

Maria hielt sich die Ohren zu: «Sprich nur nicht von dem!»

«Ja, aber darum bin ich doch hergekommen?»

«Ach so, das hatte ich ganz vergessen. Also beruhige dich. Ich habe es mir anders überlegt.»

«Und wie willst du weiter durchkommen?», fragte ich, plötzlich besorgt um ihre materielle Sicherheit, ohne zu merken, dass ich damit Partei für Herrn S. ergriff.

«Ach, frag nicht! Sind wir bis heute durchgekommen, wird es wohl auch noch weiter gehen. Ich habe die Erfahrung gemacht, dass sich gerade in der größten Not immer von selbst irgendein Weg findet.»

«Aber als letzten Ausweg in der Not hast du doch den Antrag des Herrn S. betrachtet? Wenn du diese Rettung ausschlägst, wer wird dir dann weiterhelfen?»

Ich hätte mich ohrfeigen mögen wegen meiner

Inkonsequenz, aber Marias Gleichmut besorgte mich mehr als ihr von mir so heftig abgelehnter Versuch, nach dem rettenden Strohhalm zu greifen.

Maria zuckte die Achseln. Sie lächelte mit einem erschütternd kindlichen Ausdruck völliger Verantwortungslosigkeit vor sich hin und meinte gelassen: «Es wird schon irgendwie gehen.»

Plötzlich wandte sie ihren Blick der «guten Stube» zu, lachte und sagte: «Sieht unordentlich hier aus, wie? Ich habe schon seit drei Tagen weder im Haus noch im Garten irgendetwas getan.»

Jetzt war ich überzeugt, dass sie im Atelier an einer großen Sache arbeitete. Erfreut und gespannt auf das Werk ihrer Hände, das eine solche Wandlung in ihr hervorgerufen hatte, bat ich sie, mit hinauf in ihr Dachstübchen gehen zu dürfen, um zu sehen, was da entstand.

Ich erwartete, wie immer, einen großen Widerstand überwinden zu müssen und tausend Ausreden, warum ihre Arbeit nicht des Ansehens wert sei. Aber sie erhob sich lächelnd, und während wir die Treppen hinaufstiegen, meinte sie, aus ihrem Dachstübchen habe man einen sehr hübschen Blick auf die Straße, den dürfe ich gerne genießen. Im Übrigen hoffe sie, mich nicht zu sehr zu enttäuschen, wenn sie mir mitteilen müsse, dass sie überhaupt nichts Neues in Angriff genommen habe, sondern nur gerade dabei sei, alle ihre alten Tonfiguren zu zerstören.

«Maria!», rief ich entsetzt, als ich das kleine Atelier betrat. «Bist du wahnsinnig geworden?»

Da lagen in einer großen, mit Wasser gefüllten Zinkwanne all die Tier- und Kindergestalten, an denen sie früher gearbeitet hatte und die noch nicht gebrannt waren. Sie hatten mich stets entzückt und mir den festen Glauben an Marias künstlerische Berufung bestätigt. Ich versuchte, ein mir besonders liebes «schlafendes Kind» aus dem Wasser zu ziehen, aber als ich es berührte, löste es sich bereits auf, und der graue, schmierige Ton klebte an meinen Händen. «Du bist verrückt, Maria», stöhnte ich erschüttert und sank auf das dreibeinige Hockerchen.

«Kann sein», lächelte sie wieder ihr geistesabwesendes, verantwortungsloses Lächeln und rührte mit einer Kelle in der Wanne herum, sodass alle Figuren zu einem unförmigen Brei wurden. «Endlich sind die Dinger weich. Seit drei Tagen bemühe ich mich schon um ihre Auflösung.»

«Wäre ich doch nur drei Tage eher zu dir gekommen», jammerte ich ganz verzweifelt über diese nicht wieder gutzumachende Verspätung.

«Warum regst du dich denn so auf?», wies mich Maria zurecht, als ich meiner Empörung immer von neuem Luft machen wollte. «So habe ich mich nicht einmal aufgeführt, als die Bombe das Atelier von Erich zerstörte. Willst du vielleicht behaupten, dass der Verlust dieser Dinge da die Nachwelt mehr betrübt als der Verlust von Erichs Sachen? Wie viel Wertvolles hat der Krieg zerstört! Wer leidet ernstlich darunter? Sogar mir ist der Verlust unseres Hauses, unserer Möbel, unserer Wäsche oftmals schmerzlicher gewesen als der Verlust von Erichs Sachen. Ich brauche die Dinge nicht anzufassen und anzusehen, um zu wissen, wie sie waren. Ist Erich ein weniger großer Künstler, als Mensch weniger wertvoll und unvergesslich, weil nun weniger Leute von ihm wissen?»

«Nun gut, Maria, ich bewundere, dass du das Unvermeidliche so tapfer trägst. Aber diese Zerstörung war doch vermeidlich!»

«Ich brauche den Ton», antwortete sie trocken. «Man kann ihn hier nirgends kaufen. Soll ich meine Zeit opfern, danach herumzurennen, wenn ich so viel Ton im Hause habe? Die Sachen standen hier unnötig herum. Wichtig ist doch lediglich, dass ich modellieren *kann.* Dass ich die Kraft dazu habe und das tun kann, was ich tun soll. Kommt es denn darauf an, dass irgendjemand irgendwann danach fragt?»

«Ich weiß nicht», wagte ich zu behaupten, «mich würde es sehr befriedigen, wenn ich wüsste, dass sich in hundert Jahren noch jemand für mich und das, was ich geschaffen habe, interessiert.»

«Nun gut», lächelte Maria, «dann strenge dich an und schaffe deine unsterblichen Werke. Ich habe nichts dagegen. Es muss ja auch berühmte Menschen geben. Das gilt aber nur für alle die, die sonst nichts treibt. Ob das, was wir tun, wichtig oder entscheidend ist für die Umwelt oder die Nachwelt, können wir selbst gar nicht beurteilen. Wichtig ist nur eines, dass wir tun, was wir tun müssen, und dass wir wissen, dass wir es tun müssen.»

«So, und du meinst, dass du jetzt all deine Figuren zerstören *musst*? Dass du dich der immerhin doch bestehenden Möglichkeit, durch deine Kunst Geld zu verdienen, um damit deine Kinder zu ernähren, mutwillig berauben musst?», brauste ich auf und war wirklich nicht bereit, mir noch länger philosophische Abhandlungen über den Wert von Kunst anzuhören.

Erstaunt sah mich Maria an: «Ich habe doch nicht meine Hände abgehackt oder mir meine Augen ausgestochen? Ich *kann* doch noch arbeiten!»

«Aber du hast den Verstand verloren! Und den brauchst du auch, wenn du etwas Neues machen willst! Was ist denn nur in dich gefahren! Haus, Garten und dich selbst lässt du verwahrlosen und sitzt hier und rührst in der Wanne mit all deinen aufgeweichten unsterblichen Werken herum!»

Maria lächelte nur still und glücklich: «Ja, und vergiss auch nicht die ungestopften Kinderstrümpfe und die Schulden beim Kaufmann und beim Bäcker. Komm, gehen wir wieder hinunter. Hier oben bekommst du deine gute Laune sonst nicht wieder.»

Unten empfing uns ein mörderisches Geschrei. Die beiden Jungen, völlig verdreckt und zerzaust vom Spiel auf der Straße, hatten sich gerade bei den Haaren. Stühle krachten um, und sämtliche Möbel vibrierten wie bei einem Erdbeben. Das kleine Mädchen stand laut schreiend in der Ecke und presste ihre arg mitgenommene Puppe ans Herz.

«Ruhe!», donnerte Maria mit einem kraftvollen Organ, das man ihr gar nicht zugetraut hätte. Einen Augenblick herrschte Todesstille, dann glänzten die drei verheulten Gesichter in plötzlicher Freude auf, und mit einem jubelnden «Tante Gerda!» stürzten alle drei in meine Arme. Sie hatten mich wiedererkannt! Mit rührender Freude nahmen sie meine kleinen Mitbringsel in Empfang und stürmten dann wieder nach draußen. Der Streit war vergessen, und ich nahm auf dem einzigen Sessel der guten Stube Platz.

«Verzeih mir, Maria», brachte ich beschämt heraus. «Ich kam her, um dich vor der Flucht in die bürgerliche Sicherheit zu warnen, und jetzt fühle ich mich ständig veranlasst, über deine Unbürgerlichkeit herzuziehen. Bitte sage mir, was los ist. Etwas ist geschehen, was dich völlig aus dem Gleichgewicht gebracht hat.»

Maria sah mich eine Weile an. Dann schüttelte sie den Kopf: «Nein, Gerda, das kann ich, glaube ich, selbst dir nicht sagen. Du würdest mich dann endgültig für verrückt erklären.»

«Auch das unwahrscheinlichste Geständnis könnte den Eindruck, den du heute machst, nicht mehr überbieten», entgegnete ich liebenswürdig, «es ist niemals etwas so verworren und kompliziert, dass es durch eine gute Aussprache nicht geklärt und an seinen Platz gerückt werden kann.»

«Es ist überhaupt nichts kompliziert. Es ist so alltäglich und banal, dass man einfach nicht darüber reden kann.»

Unser Gespräch wollte nicht wieder recht in Fluss kommen. Maria weigerte sich entschieden, etwas über sich selbst zu erzählen, und ich spürte, dass sie auch für das, was mein Leben zur Zeit betraf, nicht aufnahmefähig war. So bat ich sie um ihren Besuch in den nächsten Wochen und wunderte mich schon nicht mehr über die sichtliche Erleichterung, mit der sie auf meinen raschen Aufbruch reagierte.

An der Tür verabschiedete sie mich mit großer Herzlichkeit, und ich ging sehr in Sorgen und Gedanken zum Bahnhof und fühlte wieder einmal schmerzlich, wie wenig wir selbst unsere besten Freunde kennen und wie hoffnungslos unmöglich es ist, einem anderen Menschen zu helfen, wenn er in die Irre geht und vielleicht in die Irre gehen *muss*.

Das Schild, auf dem «Großgärtnerei» und der Name des Herrn S. stand, streifte ich auf diesem Rückweg nur noch mit gleichgültigen Blicken.

In den Tagen bis zu Marias Gegenbesuch konnte ich meine Gedanken kaum von ihr losreißen. Maria und ich hatten, was unter Frauen wohl selten ist, niemals von erotischen Dingen oder Erlebnissen miteinander gesprochen. Es schien, als ob für Maria dieses Thema nicht existiere. Sie hatte ihren Mann schon in frühester Jugend kennen gelernt, die Ehe war in jeder Beziehung so vorbildlich, dass der Wunsch nach anderen Erlebnissen bei ihr wohl niemals aufgetaucht war. Nach dem schrecklichen Tod Erichs hatte ich sehr um sie gebangt, musste aber zu meiner Überraschung feststellen, dass sie unverändert dieselbe blieb. Die nervöse Gereiztheit, die so viele Witwen in ein gieriges Jagen nach neuen Erlebnissen treibt oder aber zu einer verkrampften Unnahbarkeit führt, hatte ich bei ihr nie bemerkt. Sie war in meinen Augen die Verkörperung der in sich selbst ruhenden Ausgeglichenheit und Harmonie. Meine Vermutungen schienen Marias innersten Gesetzen zu widersprechen, ich verwarf sie und tappte lieber weiter im Dunkeln.

Als der Tag gekommen war, der mir Marias Besuch und hoffentlich die Lösung des Rätsels bringen sollte, wartete ich in ängstlicher Ungeduld, als eine Stunde nach der anderen verstrich, ohne dass sie kam. Endlich klingelte es, und vor der Tür stand eine sehr elegante, gepflegte Dame in mittleren Jahren mit einem verhärmten, übernächtigten Gesicht.

«Maria!», rief ich erschrocken, als ich die so seltsam Veränderte erkannte.

«Hast du mich nicht mehr erwartet?» Sie versuchte zu lächeln: «Ist dieses Kleid zu elegant? Ich habe es erst neulich gekauft. Den Hut auch. Schick, wie?»

Mit krampfhaft burschikosen Bewegungen nahm sie den Hut ab, prüfte ihr Gesicht aufmerksam im Spiegel und folgte mir dann höflich lächelnd und plaudernd in mein Zimmer. Hier überschüttete sie mich ganz gegen ihre sonstige Gewohnheit mit einem Redeschwall, berichtete von Unannehmlichkeiten auf der Fahrt hierher und im Geschäft und sprach davon, dass sie nicht lange bleiben könne.

«Halt, Maria!», fiel ich ihr schließlich ins Wort. «Jetzt ist es sechs. Vor dem Achtuhrzug lasse ich dich nicht fort. Die Kinder sind groß genug, um auch einmal allein ins Bett gehen zu können. Ich glaube mir das Recht erworben zu haben, dir in der Not raten oder helfen zu dürfen. Wenn du mich aber gänzlich im Unklaren darüber lässt, was dir geschehen ist, kann ich nichts für dich tun.»

«Ach, Gerda», spottete Maria mit ihrem leicht ironischen Lächeln, das ihr sonst so gut zu Gesicht stand. «Du mit deinem göttlichen Selbstvertrauen! Wer kann denn einem anderen helfen! Glaubst du wirklich, wenn du nun alles wüsstest und könntest in meinen Gedanken und Gefühlen lesen wie in einem Buch, dass sich dadurch für mich irgendetwas änderte? Glaubst du, wenn ein Rad erst einmal den Berg hinunter ins Rollen gekommen ist, dass es etwas nützen würde, ihm zuzurufen: Rolle nach rechts oder nach links oder geradeaus?»

«Nein», erwiderte ich, «aber man kann ihm da Hindernisse in den Weg legen, wo es absolut nicht hinrollen soll.»

«Stellst du ihm Hindernisse in den Weg, ist es doch wohl gleichgültig, wo es zerschellt.»

«Maria! Lassen wir doch diese Spitzfindigkeiten! Sie führen zu nichts. Du bist kein Rad, sondern ein lebendiger Mensch.»

«Eben», warf sie trocken dazwischen.

Jetzt schwiegen wir beide. Marias abweisendes Gesicht verbot mir, weiter in sie zu dringen.

Vielleicht war es wirklich etwas Banales, Alltägliches, und es war Scham dabei, dass Maria nicht sprechen konnte. Man ist mit den größten Katastrophen fertig geworden, dachte ich, und scheitert nun am Allzumenschlichen. Maria war irgendetwas geschehen, was sie mit ihrem übrigen Leben und Wesen nicht in Einklang bringen konnte. Aber ich durfte nicht weiter fragen. Sie war wie eine Schlafwandlerin, die man nicht anrufen darf. Sie war verzweifelt, aber meine Worte erreichten sie nicht. Ich musste sie sich selbst überlassen. Nur ihre eigene innere Stimme konnte ihr den Weg zurückweisen zu sich selbst.

Wir sprachen über Belangloses. Über die Schwierigkeit, Lebensmittel aufzutreiben und warme Kleidung für die Kinder zu beschaffen und über die bevorstehende Währungsreform. «Mit dem Verkauf meiner Gärtnerei will ich warten, bis es das neue Geld gibt», sagte sie. «Dann kann ich eine Weile als Angestellte bei Herrn S. arbeiten. Über ein Jahr im Voraus will ich noch nicht planen.» Wovon sie denn ihr elegantes Kleid und den Hut gekauft habe? «Ich hatte eine eiserne Reserve an Schmuck von meiner Mutter», meinte sie, «und ein paar Tage lang glaubte ich, es gäbe nichts Wichtigeres für mich als hübsche Kleider. Aber ich habe sie nicht gebraucht, es war umsonst. Ich habe das Geld rausgeworfen.»

Ich glaubte nun auch ohne Fragen zu verstehen. Nie hätte ich gedacht, dass auch Maria so etwas widerfahren könnte.

Sie reiste wieder ab und schrieb auch nicht. Je mehr Zeit verstrich, desto ruhiger wurde ich wieder ihretwegen. Erst nach Monaten beschloss ich, mich davon zu überzeugen, dass sie wieder im alten Gleis war.

Marias Namensschild vor ihrer kleinen Gärtnerei war verschwunden, ein Zaun umgesetzt. Jetzt gehörte wohl alles dem Herrn S., und ich sah auch die drei Kinder zusammen mit drei Frauen damit beschäftigt, Schoten zu pflücken. Also hatte Herr S. Maria nicht aus ihrem kleinen Haus vertrieben, als er ihr Grundstück kaufte.

Die Kinder winkten mir strahlend zu und riefen: «Mutti ist im Atelier», ließen sich aber nicht in ihrer Arbeit stören, für die sie gewiss Geld bekamen.

Ich wanderte also ins Haus, warf einen flüchtigen Blick in die aufgeräumte gute Stube und stieg ohne zu pfeifen oder zu rufen hinauf in Marias Dachstübchen.

Leise öffnete ich die Tür. Maria saß am weit offenen Fenster, die Sonne ließ ihre Haare silbrig glitzern, und die ganze kleine Person schien geladen mit Aktivität und Energie. Völlig konzentriert arbeitete sie an einer großen Tonfigur, von der ich zunächst wenig erkennen konnte. Sie wurde erst auf meinen Eintritt aufmerksam, als ich mich durch einen leisen Ruf bemerkbar machte. «Ach, du bist es», lächelte sie freudig und entspannte ihr Gesicht, das bei der Arbeit beinahe männlich gewirkt hatte. «Wie schön, dass du dich endlich mal wieder bei mir sehen lässt! Nimm Platz und warte einen Augenblick, ich muss hier nur noch schnell etwas fertig machen.»

Sofort konzentrierte sich ihr Ausdruck wieder, und die kleinen festen Hände arbeiteten behutsam und zielbewusst an der Tonfigur.

Ich hätte jubeln mögen! Das war Maria, wie sie

mir immer vorgeschwebt hatte, in welcher Gestalt sie mir auch bisher begegnet sein mochte. Der Liebreiz ihres sonst häufig Augenblicksgefühle widerspiegelnden Gesichtes war einer gesammelten Ruhe gewichen, die sie schön machte. Es war nicht mehr das Gesicht einer schönen Frau, sondern das eines schönen Menschen.

Noch niemals hatte Maria mich bei ihrer Arbeit zusehen lassen. Eine innere Unsicherheit hatte sie immer veranlasst, schnell ein Tuch über das noch Unvollendete zu werfen. Diesmal ließ sie sich durch mich überhaupt nicht stören. Als ich näher kam, um zu sehen, was sie schuf, rückte sie die Gestalt so, dass sie vom hellen Sonnenlicht beschienen wurde.

Ich muss gestehen, es verschlug mir den Atem. Bisher hatten alle Figuren Marias mich veranlasst, in entzückte Rufe auszubrechen: «O wie niedlich! Wie reizend! Wie bezaubernd!» Diesmal wusste ich nichts zu sagen.

Es war die Gestalt eines schreitenden jungen Mannes, der in der einen Hand eine zerbrochene Kette trug und die andere besitzergreifend ausstreckte. Er schien zu schwanken und doch irgendwie gestützt zu werden, gehalten durch eine Kraft, von der man nicht wusste, kam sie aus ihm selbst oder von außen. Der Körper war ausgezehrt und wie erdrückt von einer Last, aber doch kraftvoll, wie unzerstörbar. Der nur leicht angedeutete Gesichtsausdruck war weder leidend noch fröhlich, weder duldend noch fordernd, sondern unbestimmt, fast leer und seiner selbst zutiefst unbewusst. Es war gar nichts Vergeistigtes an dieser Figur. Es war ein ganz einfacher, grober Mensch, und doch strahlte etwas Unüberwindliches von ihm aus.

Maria ließ mich das Bildwerk in aller Ruhe betrachten. Dann fragte sie: «Könntest du, ohne zu überlegen, sagen, wie man diesen Mann, beispielsweise auf einer Ausstellung, bezeichnen sollte?»

Spontan antwortete ich: «Ich würde ihn ‹Der Heimkehrer› nennen. Hast du zu diesem Thema irgendeine Beziehung?»

«Es ist ein Heimkehrer», sagte Maria leise und strich mit der Hand langsam über den Kopf der Figur.

Ich hütete mich, eine Frage zu stellen. Ich wusste, nun würde Maria sprechen. Durch das geöffnete Fenster drangen die Rufe der Frauen und Kinder zu uns herein, und ein leiser Wind bewegte die rot karierten Gardinen des Dachstübchens.

«Er stand eines Tages vor der Tür, hatte die Mütze schief auf dem Kopf und – ja, ich muss es so ausdrücken – grinste. Er fragte nach Leuten, die hier früher mal gewohnt haben, aber die sind längst im Westen. Ich wohne ja schon seit Herbst 1945 hier. ‹Ich habe Hunger. Ich komme aus Russland›, grinste er, und ich gab ihm zu essen. Ich sah ja, woher er kam. So sehen sie doch alle aus. Erst hat er gegessen, dann hat er gebadet, dann hat er zwei Tage lang geschlafen, und dann habe ich ihm Sachen von Erich gegeben, damit er etwas zum Anziehen hat, und erst dann hat er erzählt.

Er gehörte zu einer Gruppe von Kriegsgefangenen, die von den Russen ohne Vorankündigung entlassen worden waren. Ich fragte, ob er meinen Bruder kennt, und, ja, tatsächlich, er war eine Zeit lang mit ihm zusammen, sagte er, deswegen habe ich ihn auch erst einmal weiter bei mir wohnen lassen. Er antwortete auf Fragen sparsam und sprachungewandt und verlor selbst bei der Schilderung ziemlich grässlicher Einzelheiten nicht seinen vergnügten Gesichtsausdruck.

Er hatte auch die Angewohnheit, jedem Satz ein

‹oder?› anzuhängen, so, als ob er es mir überließ, ob ich das Gesagte glauben wollte oder nicht. ‹Ihr Bruder hat ja die erste Zeit Flecktyphus gehabt, oder?› – ‹Er hat eine Bärennatur, oder?›

Ich erfuhr, dass es Christian den Umständen entsprechend noch gut gegangen war, dass er sich an die schwere Arbeit gewöhnt und ein gutes Verhältnis nicht nur zu seinen Mitgefangenen, sondern auch zu den Aufsehern hatte.

Manchmal aber zweifelte ich, ob der Heimkehrer wirklich von Christian sprach; wenn er sagte, diejenigen, die die ersten Jahre überstanden hätten, würden wohl am Leben bleiben, oder?, dann wollte ich natürlich glauben, dass wir vom selben Christian sprachen. Ich klammerte mich an die Hoffnung. ‹Ich bin ja schließlich auch nicht verhungert, oder?›

Nein, er erholte sich sichtlich, und er sah nicht einmal so elend aus, wie man es hätte erwarten können. Erichs Sachen passten ihm gut. Früher musste er ein Hüne von Gestalt gewesen sein. Er war braun gebrannt und muskulös, die Augen blickten nicht trübe, wie ich das schon bei anderen entlassenen Kriegsgefangenen gesehen hatte. ‹Wie haben Sie es angestellt, dass Sie verhältnismäßig so wohl aussehen?› – ‹Man muss sich zu helfen wissen, oder?›

Sie alle hätten ihre Entlassung als blinden Zufall empfunden, er selbst habe davon erst am Tage der Abreise erfahren. Dann allerdings musste er noch Wochen in einem anderen Lager verbringen.

Dass seine Eltern tot waren, hatte er schon gewusst, sein Bruder sei vermutlich auch irgendwo in Gefangenschaft, aber in meinem Häuschen hätten ein Onkel und eine Tante gewohnt.

Der Heimkehrer erkundigte sich nach meinem Mann. Das erste Mal spürte ich, was mit ihm los war, als er auch beim Aussprechen des Beileids nicht aufhörte, vergnügt zu lächeln. Ich dachte, der weiß gar nicht, was er sagt, er redet nur so dahin. Vielleicht stimmt es auch gar nicht, dass er Christian kennt. Wie sollte er auch – bei Hunderttausenden von Kriegsgefangenen. Er spricht vielleicht das erste Mal nach so vielen Jahren wieder mit einer Frau. Da sagt er, was sie hören will.

Mir wurde etwas unheimlich. Wenn man von einem Mann angestarrt wird, der einen selbst gar nicht sieht, sondern nur ‹eine Frau›, und der auch nicht darauf hört, was man sagt, dann weiß man schließlich nicht mehr, was man sagen soll.

Ich dachte an die russischen Soldaten, die hier einmarschiert waren und auch jahrelang keine Frau mehr gesehen hatten. Die gingen einfach in die Häuser und nahmen sich, was sie brauchten. Auch sonst habe ich schon Männer erlebt, die in mir nur die Frau sahen. Das hat mich immer abgestoßen. Ich habe mit der nötigen Schärfe darauf reagiert. Niemals hätte ich so einen Mann in meinem Haus beherbergt. Auch für die Heimkehrer standen jetzt Quartiere bereit, nachdem man von ihrer Ankunft wusste. Ich hätte ihn fortschicken können. Ich konnte es nicht. Es lag so viel Unschuld in seinem Blick. So sehen einen hungrige Kinder an, die auf ihre Fütterung warten, gierig, aber voller Vertrauen, dass sie schon bekommen werden, was sie brauchen. Ich habe diesem Blick schon bei meinen Kindern nie widerstehen können. Ich sah, er fühlt und erlebt innerlich etwas, was er vielleicht noch nie erlebt hat, aber er weiß nicht, dass er es erlebt. Ich bildete mir ein, Erbarmen mit ihm zu haben. Aber ist es Erbarmen, was einen zwingt, ein Kind an seine Brust zu legen? Man will es ja selbst. Man brächte es ja gar nicht über das Herz, es nicht zu tun. Ich habe, noch ehe es geschah, gedacht, dass ich mich vor mir selbst zu Tode schämen müsste, wenn es geschähe. Was hatte ich denn mit diesem Bauernknecht zu tun, oder was er vor dem Krieg gewesen war? Ich dachte, er versteht meine Sprache nicht, er versteht keinen meiner Gedanken, er ist ein ganz fremder Mensch aus einem so fremden Lebenskreis, dass ich mich geradeso gut einem Russen hingeben könnte. Es hätte früher nichts gegeben, was ich als eine größere Schande angesehen hätte. Weder Mitleid mit ihm noch meine lange Entbehrung auf diesem Gebiet hätte ich jemals als Entschuldigung gelten lassen. Ich handelte unter einem Zwang, und ich schrieb diesen Zwang niedrigsten Instinkten zu, in aller Klarheit.

Und dann, am nächsten Morgen, wusste ich, dass ich ihn liebte. Versteht ein Kind etwa deine Gedanken? Hat es außer seinem Körper irgendetwas mit dir gemein? Weiß ich, was in dem fremden kleinen Wesen vorgeht? Ich wusste nur eines: Mein Wunsch, seine körperlichen Bedürfnisse zu befriedigen, ist richtige Liebe, ist keine Gier nach eigener Lustbefriedigung. Das war kein niedriger Instinkt. Das war ein Gefühl, das eigentlich zwischen allen Menschen vorherrschen sollte. Lag es daran, dass er mich so dringend nötig brauchte?

Verweigern wir deshalb unseren Mitmenschen Nächstenliebe, weil wir nicht bemerken, wie nötig wir für sie wären? Warum lösen sonst nur Kinder diese ganz selbstlose Art von Liebe aus? Ich habe mir zuerst selbst nicht geglaubt, dass an meiner Liebe zu diesem fremden Mann auch etwas Edles sein könnte, etwas Sauberes. Ich fragte mich immer wieder: Liebe ich wirklich den *Menschen* oder nicht doch nur den ‹Mann›? ‹Oder?› Ich sagte ‹oder?›, wollte darüber lachen, und es blieb dabei, ich liebte den Menschen.

Aber warum gerade diesen Menschen? Er hatte nichts an sich, was für mich früher den Wert eines Menschen ausgemacht hatte. Alles an ihm war für mich Neuland. Er war ungeistig, ohne sonderliche Gefühlstiefe, amusisch, ohne Einfühlungsgabe. Das, was ihm von sich selbst bewusst war, lag so an der Oberfläche seines Wesens, dass seine Ausdrucksmöglichkeiten in Sprache und Mimik gleichförmig und ohne Lebendigkeit blieben. Aber dieses Unbeschwertsein von menschlicher Tiefe, dieses Seiner-selbst-ganz-unbewusst-Sein hatte ihm ermöglicht, die Jahre der Gefangenschaft ungebrochen an Leib und Seele zu überstehen. Die einzige Eigenschaft, die er bewusst entwickelt hatte, war das ‹Man muss sich zu helfen wissen!›. Immer wieder berichtete er voll Stolz, wie er es verstanden habe, Lebensmittel zu organisieren, Aufseher hinters Licht zu führen und lästige Neider abzuwimmeln. Ich erlebte das erste Mal einen ‹Adam›, der noch nicht vom Baum der Erkenntnis des Guten und Bösen gegessen hatte. Verstehst du, wie ich das meine? Für ihn war alles gut, was elementare Bedürfnisse befriedigte, ohne Wenn und Aber und ohne Zweifel am eigenen Recht. Ich entdeckte das erste Mal einen Menschen ohne Umweg über den Filter meiner Werte, genau wie man bei einem Kind die Schöpfung ‹Mensch› voller Andacht und Erschütterung neu entdeckt.

Du meinst, das kennt man ja, wie ein Naturbursche oft die Sinne einer feingeistigen Frau verrücken kann? Ich bestreite, dass mein Heimkehrer ein Naturbursche war. Er hatte sein Leben nur in Unfreiheit verbracht. Ständig geduckt und getreten, dann von Offizieren gedrillt und schließlich von russischen Wächtern gequält. Er hatte unvorstellbare menschliche Erlebnisse hinter sich. Immer hatte das Schicksal wie eine schwere Last auf seinen Schultern gelegen. Aber er vertraute dem Leben immer noch. Klar, gerade, heiter, ohne Hass und ohne Verkrampfung. Nichts war an ihm, was Mitleid weckte. Es war eine Freude, keine Last, seine Bedürfnisse zu befriedigen.

Was ich anfangs für Erbarmen gehalten hatte, war eigentlich mehr Erschütterung über so viel unzerstörte Unschuld. Wenn ich dachte, ich hätte mich an einen Unwürdigen weggeworfen, sah ich ihn an und wusste, unwürdig bin nur ich, nicht er.

Ich zerstörte alle meine Tonfiguren, weil mir der Geist, aus dem heraus ich sie modelliert hatte, zu nichtssagend, zu unnatürlich vorkam. Was ist ein nett gepflegter Garten gegen den Sturm auf dem Meer, gegen die Wolken, den weiten Horizont oder einen Wald? Es war ein Glück, wie ich es bisher noch nicht gekannt hatte – auch mit Erich nicht.

Und dann kam es, wie es kommen musste und wie man es als Mutter bei einem Kind ja auch voraussieht. Nur traf es mich unvorbereitet. Ich hatte die Möglichkeit nicht erwogen.

Als ich den ersten Abend vergeblich auf ihn wartete, wurde dieses Warten zu der schlimmsten Seelenfolter, die ich bisher durchgemacht hatte. Es war mir, als würde ich jetzt durch eigene Schuld vernichtet, gestraft für etwas, was eine Schande war. Irgendwie hatte ich gedacht, er würde mich immer brauchen. Ich schämte mich. Ich konnte wochenlang niemandem in die Augen sehen, vor allem meinen Kindern nicht. Man hatte mich dazu erzogen, so eine Art von Liebe für eine Schande zu halten. So etwas tat man nicht. Man gab sich keinem wildfremden Stallburschen hin, nur weil er Heimkehrer war. Man musste seinen Stolz bewahren und so weiter und so weiter. Du siehst, Gerda, es ist die banalste, alltäglichste Geschichte der Welt. Hätte ich ihn verlassen, wäre die Schande vor den Leuten weniger schlimm gewesen. Es ist schlimmer in den Augen der Leute, sich benutzen zu lassen, als jemanden zu benutzen. Dabei kann er ja nichts dafür. Es war Zufall, dass er an mich geriet, ich war nur ein vorläufiger Ersatz für eine Partnerin, wie er sie später einmal brauchen würde. Er wollte auch nur in den Westen und fand eine Gelegenheit. Das schrieb er später.

Dann habe ich angefangen, an dieser Figur zu arbeiten, und bei dieser Arbeit ist es mir wie Schuppen von den Augen gefallen, dass ich mich gar nicht weggeworfen habe! Meinen Stolz, meine Einbildung von mir selbst und meinen Wert habe ich weggeworfen, aber doch nicht mich! Ich habe mich durch dieses Erlebnis ja erst gefunden! Werfe ich mich weg, wenn ich ein Kind stille? Werfe ich mich weg, wenn ich einem Hungrigen zu essen gebe? Die Liebe, die nichts für sich selbst zurückfordert, ist doch eigentlich das, worauf es ankommt. Alles andere ist doch nur ein Handelsgeschäft! Es war ja gar nicht so, dass ich den Heimkehrer als Mann gebraucht hätte. Ich habe nach Erichs Tod ohne das auskommen können und kann es auch noch länger. Bis ich einen Mann finde, der mich wieder liebt, kann ich warten. Ich wusste ja von Anfang an, dass der Heimkehrer mit mir als Mensch wenig anzufangen weiß, und meine Liebe zu ihm war keine erotische Liebe.

Und ich habe doch etwas zurückbekommen, Gerda, wie du siehst. Ich glaube, diese Plastik ist gut. Sie ist die erste meiner Figuren, auf die ich stolz bin. Ich habe wieder Vertrauen zu mir gewonnen. Ich habe nun auch keine Angst mehr vor der Zukunft.»

«Dann hast also nicht du diese schöne Figur geschaffen, sondern sie dich?», fragte ich und fügte hinzu: «Wirst du diesen Heimkehrer eines Tages auch wieder in Wasser aufweichen, wenn dir der Sinn danach steht?»

«Vielleicht», lachte Maria. «Man weiß ja nicht, was morgen aus einem geworden sein wird.»

«Dann werde ich ihn am besten gleich vor dir in Sicherheit bringen. Ihn darfst du nämlich nicht zerstören.»

Maria lachte erneut und hüllte die Tonfigur behutsam in ein feuchtes Tuch. «Jetzt muss er erst einmal gebrannt werden.»

Nachtwache

Es ist ja nicht wahr. Jorinde, ich bitte dich, schlag die Augen auf. Spiel doch nicht ein so entsetzliches, grausames Spiel mit mir. Du hast schon oft so getan, als ob du mich nicht hörst. Ich glaube es dir einfach nicht. Da liegst du und lächelst. Ich bitte dich! Warum lächelst du! Lächle nicht, Jorinde! Ich kann es nicht ertragen!

Immer, immer tust du, als ob du mir überlegen wärst! Wer gibt dir denn das Recht dazu! Ich habe dich geboren und gewickelt und gekleidet und gefüttert und erzogen.

Erzogen – ich weiß schon, was du sagen willst: Was heißt schon erzogen? Aber kann ich denn etwas dafür? Kannst du mir daraus einen Vorwurf machen? Du lächelst. Lächelst. Immer ist das deine Antwort. Hör auf zu lächeln!

Jorinde, hör mich doch an. Höre mich dieses eine

Mal an. Ich will ja auch ganz ruhig sprechen. Ich werde mich nicht aufregen. Ich werde nur flüstern. Aber gib mir ein ganz kleines Zeichen, dass es nicht wahr ist. Nicht wahr, du hast das nicht getan. Du spielst jetzt bloß Theater, um mich zu erschrecken. Gut. Du sollst deinen Willen haben. Ich werde die Kerzen brennen lassen und das elektrische Licht nicht andrehen. Du sollst deine Blumen behalten und die offenen Haare und die gefalteten Hände, wenn du das schön findest. Ich werde auch beten, wenn das dazugehört. Aber gib ein kleines Zeichen, dass du lebst. Atme ein ganz klein wenig. Bewege einen kleinen Finger oder irgendetwas. Ich will ja nicht befehlen. Ich bitte dich ja, Jorinde. Wenn du mich so inständig um etwas gebeten hast, habe ich es immer getan. Du bist undankbar, Jorinde! Undankbar!

Ich will dich nicht mehr ansehen. Ich kann das nicht sehen, Jorinde! Mit solchen Dingen spielt man nicht! Was bildet ihr euch denn ein, ihr jungen Dinger! Was weißt du denn schon vom Leben! Du hast ja keine Ahnung! Keine Ahnung! Jawohl, du liebe Zeit, wie oft wäre ich schon gestorben. Das ist doch einfach lachhaft! Darüber kann man doch wirklich nur laut lachen!

Im Ernst, Jorinde. Das macht jeder einmal durch. Glaubst du vielleicht, es gäbe irgendwo Menschen auf der Welt, die noch keine unglückliche Liebe gehabt hätten? Das ist wie eine Krankheit. Das kommt und geht wieder. Nachher lacht man darüber, dass man an so einen Kerl einmal sein Herz gehängt hat.

Alles, was man so herrlich findet, sieht man doch nur in die Leute hinein. Das ist ja nicht drin. In Männern schon gar nicht. Sie taugen doch alle nichts. Einer wie der andere. Mein Gott, was könnte ich dir da alles erzählen.

Soll ich wirklich? Du warst doch schließlich nicht dumm. Du hast ja gesehen, was los war mit mir, in meinem Leben. Warum sollte ich dir viel verheimlichen? Meine Eltern, die haben alles vor mir verheimlicht, und was war der Erfolg? Dass ich auf deinen Vater reingefallen bin. Nein, nein, keine Angst, ich mache ihn dir nicht schlecht. Aber das kann ich doch sagen. Immer Ideale und fest umrissene Schablonen. Nur so und so durfte ein Mann sein, den ein anständiges Mädchen lieben kann. Ein blonder, heldischer Siegfried. Und was man für Liebe gehalten hat, das war Angabe, weiter nichts.

Ich habe Theater gespielt, dass ich ein reines, nordisches Mädchen bin. Ich hab mich auch wirklich so gefühlt. Wenn man jung ist, dann fühlt man sich in jede Rolle hinein. Man muss nur Erfolg damit haben. Und letzten Endes war ich ja auch so. Dafür haben meine Eltern schon gesorgt.

Und was hab ich davon gehabt, dass ich so in die Ehe gegangen bin? Nichts hab ich davon gehabt. Nicht mal das Primitivste, was man von einer Ehe erwarten kann. Wir haben nicht zueinander gepasst und hatten nichts gemeinsam als die blonden Haare und das nordische Aussehen.

Glaubst du, dass dein Vater etwas davon gemerkt hat, dass ich nichts davon hatte? Nichts hat er gemerkt. Der war so in seine Ideale versponnen. Ihm genügte es vollkommen, dass du pünktlich zur Welt kamst, und im Übrigen hat er seinen Führer gehabt. Seinen Führer und nochmals seinen Führer. Glaubst du vielleicht, dass ich Gift genommen habe, als ich merkte, was los war? Schließlich brach für mich doch auch so eine Art Welt zusammen. Ich musste ja denken, dass ich nun dazu verdammt war, immer ohne Freude zu leben.

Nein, ich will nicht schlecht über deinen Vater

reden, Jorinde. Ich hab dir das doch auch nie erzählt, nicht wahr? Schließlich ist er tot, und du solltest immer denken, dass du einen wunderbaren Vater gehabt hast. War das verkehrt? Ich bitte dich, Jorinde, war es verkehrt, dass ich dir diese Illusion erhalten wollte?

Ich habe ja gemerkt, dass du deinem Vater ähnlich bist. Es sollte alles immer nur so und so sein und nicht anders, schon als Kind. Wenn dann doch alles anders war, hast du dir die Seele aus dem Leib geheult.

Bis du begriffen hast, dass es keinen Weihnachtsmann gibt und keinen Osterhasen! Da hast du ein Theater gemacht! Weißt du noch?

Und dann deine Konfirmationszeit. Wenn ich daran denke! Als ich dir gesagt habe, dass der Pfarrer ein Verhältnis mit der Olga Schmitt hat, da hast du mich fast umgebracht. Wirklich, da hab ich das erste Mal Angst vor dir bekommen.

Nun ja, es hat sich dann herausgestellt, dass es kein richtiges Verhältnis war, aber es war was dran, sonst hätten die Leute nicht so darüber geredet.

Du hast Recht. Ich sehe ja ein, dass ich dir das nicht hätte sagen sollen. Aber du musst auch daran denken, dass ich immer nur dich hatte zum Reden. Da hab ich eben immer geredet, was mir so in den Sinn kam. Früher wurden die Kinder hinausgeschickt, wenn die Großen miteinander reden wollten. Wie sollte ich dich denn rausschicken? Ich war doch immer nur mit dir zusammen in der kleinen Kammer, und ich war doch fremd hier in der Stadt. Wenn man nicht mal mit seinem eigenen Kind reden darf, dann erstickt man ja vor Einsamkeit.

Und es war doch auch nur die Einsamkeit, dass ich das Verhältnis mit dem Ami anfing. Die Leute hier waren mir fremd und dazu noch unfreundlich. Verachtet haben sie mich, weil ich eine Flüchtlingsfrau war. Der Ami hat mich nicht verachtet, obgleich ich zu seinen Feinden gehörte. Wenn wir ihn nicht gehabt hätten, dann wären wir verhungert, das kannst du mir glauben.

Meinst du vielleicht, ich hätte es mir gefallen lassen dürfen, dass du mir Moral predigst? Ich bin schließlich deine Mutter. Ich bin dir keine Rechenschaft schuldig. Und ich habe das mit dem Pfarrer auch nur gesagt, damit du siehst, wie die Wirklichkeit ist. Damit du nicht blind bleibst, wie dein Vater.

Lächle doch nicht so entsetzlich, Jorinde! – Ich gebe ja meine Fehler zu. Ich behaupte nicht, dass ich fehlerfrei bin. Ich habe das nie behauptet. Wenn ich mich über deine Fehler geärgert habe, dann hast du das Recht, dich über meine zu ärgern, gewiss. Aber es ist doch ein Unterschied. Ich bin doch deine Mutter.

Ich verlange ja nicht, dass du dich nun vor lauter Dankbarkeit aufopferst oder so, ich verlange ja nur ein klein bisschen Rücksichtnahme und Verständnis. Mehr will ich ja gar nicht.

Du kannst doch nicht einfach hingehen – und – und einfach weggehen und mich allein lassen und dann so daliegen und lächeln und einfach nicht mehr zuhören! Hör mir doch zu, Jorinde! Ich habe doch auch geliebt! Dass der Ami wegging, das war nicht das Schlimmste. Ich hatte ja immer noch nicht richtig begriffen, was Liebe ist. Spät, nicht wahr? Und du willst es jetzt schon gewusst haben! Du Dumme! Dumme!

Das eine Mal, als ich wirklich richtig liebte, da hab ich dafür gesorgt, dass du es nicht merkst. Oder hast du es doch gemerkt?

Du liebe Zeit, ich war ja das ganze Jahr über nicht mehr ganz richtig im Kopf. Es war eine

Krankheit, Jorinde, eine entsetzliche Krankheit. Ich konnte nicht mehr richtig denken und nicht mehr richtig arbeiten, und du warst mir egal, und alles war mir egal, und nur er, er, er. Ich hab gemeint, ich hab mein zweites Ich gefunden. In allem haben wir übereingestimmt. Ich hab's jedenfalls geglaubt.

Erinnerst du dich noch an Onkel Bernhard? Du konntest ihn nicht leiden, und deshalb habe ich dir nichts verraten. Das war ein Opfer, Jorinde, das ich dir gebracht habe, denn es war schrecklich mit den Heimlichkeiten, mühsam und anstrengend, wo du doch kein eigenes Zimmer hattest.

Und das hat schließlich auch alles zerstört. Glaubst du vielleicht, das war leicht für mich? Ich hatte doch so viele, viele Jahre kein Glück gekannt. Nur Not und Elend und Bomben und Flucht und immer die Jagd nach dem Essen und dem bisschen Kleidung für uns und in der Fremde, wo es nicht einmal einen Baum oder eine Wiese gab, die einem vertraut und lieb war.

Du hast doch den Hunger selber kennen gelernt, Jorinde. Du musst doch verstehen, dass ich Hunger nach Liebe hatte! Ich war doch noch jung. Ich konnte doch nicht deinetwegen einfach mit dem

Leben abschließen. Dann hätte ich ja auch Gift nehmen können. Und du hast mir diese Liebe zerstört. Ja, du, Jorinde! Auch wenn du darüber lächelst.

Du hast gemeint, ich hätte dir Unrecht getan, und dabei hast du mir Unrecht getan, bloß weil du so dumm, so kindisch, so romantisch warst, weil dir der Pfarrer und die Lehrer den Vogel in den Kopf gesetzt hatten, so und so muss man leben, und so und so muss man sein. Dabei hast du immer und überall gesehen und erlebt, dass niemand so ist und dass alle bloß heucheln, die so tun, als wären sie so. Die Geschichten mit den anderen Männern, später, die kennst du ja, ich hab da nicht mehr heucheln wollen, ich hatte es satt, und wenn es zu Ende war, hab ich mich auch nicht mehr umbringen wollen.

Als das Dritte Reich geplatzt ist, da hab ich angefangen klar zu sehen, und dann habe ich immer mehr und mehr gemerkt, dass alles bloß Lüge ist. Lüge und Angabe. Dass niemand so ist, wie er tut. Ich falle nicht mehr darauf herein, was mir einer erzählt. Einmal hat mir genügt. Alles, was weiß war, war nachher schwarz und umgekehrt. Wonach soll man sich da noch richten? Sollte ich das unterstützen, was dir der Pfarrer erzählt, so wie meine Eltern das unterstützten, was mir die Nazis erzählten? Wenn wieder alles anders kommt, dann wärst du genauso hereingefallen wie ich. Da hab ich lieber nichts dazu gesagt. Besser, als wenn du mir später den Vorwurf machen kannst, ich hätte dir etwas Falsches gesagt.

Und bitte, sag mir, nach welchen Richtlinien, nach welchen Mustern hätte ich dich denn erziehen sollen? Was heißt überhaupt Erziehung? Doch nichts weiter als Abrichtung für einen bestimmten Lebenszweck. Kann ich wissen, welcher Lebenszweck Mode sein wird, wenn du erwachsen bist? Kannst du mir das vielleicht sagen?

Ich hab mich immer gefreut, dass du auf diese Weise so ehrlich geworden bist. Du hast niemand was vorgemacht. Und wenn du Theater gespielt hast, dann hast du Theater gespielt um des Spielens willen, nicht im Ernst.

Du warst ja oft gemein zu mir und hast es an Achtung fehlen lassen – doch, Jorinde, das hast du. Aber wenn ich dich so betrachtet habe und nicht daran dachte, dass ich deine Mutter bin und du mir mehr schuldig gewesen wärest, dann war ich doch stolz auf dich.

Ich gebe zu, ich lüge manchmal, und ich rede zu viel. Aber wenn ich gelogen habe, hast du doch gewusst, dass es gelogen war. Du kanntest mich doch – und dann ist es ja keine richtige Lüge.

Was gibt es denn in der Welt, was so genau stimmt? Dann kommt man ja schließlich dahin, wie diese komischen neumodischen Philosophen, dass überhaupt nichts mehr stimmt. Dann wäre es vielleicht auch gar nicht wahr, dass man überhaupt lebt. Dann hat man zum Schluss nichts weiter als das Gefühl, dass man existiert, aber alles andere, die anderen Menschen, der Himmel, das Wasser, die Tiere, die Pflanzen und die Sterne sind vielleicht nur meine Einbildung.

Wenn man das alles so genau nehmen will, was bleibt dann? Dann nimmt man Gift, hört auf, sich was einzubilden, und in dem Moment gibt es das andere tatsächlich nicht. Sehr einfach. Dann braucht man sich auch nicht mehr um eine Mutter zu kümmern, die nun übrig bleibt. Es gibt sie ja gar nicht.

Es gibt mich aber, Jorinde! Hörst du mich nicht? Hier sitze ich und spreche mit dir! Jorinde!

Das hat dir alles dieser Kerl beigebracht. Ich hab ihn nie leiden mögen. Ich verstehe vielleicht nichts davon. Ich bin aus einer anderen Zeit, als andere Männertypen Mode waren. Ich lache ja heute auch über unsere Vorstellungen vom idealen Mann, die wir früher hatten.

Aber dass ein Mann sich einen Bart wachsen lassen muss, damit man überhaupt erkennt, dass es ein Mann ist, weil er sonst wie ein Mädchen aussieht, das ist doch auch verrückt. Das musst du doch zugeben. Das ist noch unnatürlicher und verrückter als unsere Jung-Siegfried-Typen! Alle Männer, die ich gehabt habe – und dass mich nachher keiner mehr geheiratet hat, das lag schließlich an den Verhältnissen und an dem Frauenüberschuss, der ihnen zu Kopf steigt, und es lag auch an dir, und nur deshalb waren es wohl ein bisschen mehr, als gut gewesen wäre, ich bin ja im Grunde gar nicht so veranlagt, dass ich hinter den Männern her gewesen wäre –, also alle diese Männer waren doch, wenn sie auch sonst nichts taugten, aber sie waren doch Männer. Dass du ein Weib mit einem Bart lieben konntest, Jorinde! Und deswegen Gift nehmen! Ich kann es nicht glauben, Kind, es ist doch nicht möglich! Was hast du nur in diesem Menschen gesehen? Welchen Streich hat dir da deine Einbildungskraft gespielt, dass du an dem etwas Liebenswertes gefunden hast! Von wem hast du nur diese blühende Phantasie? Du, die du so hinter der Wahrheit her warst, die du alle Dinge beim Namen genannt hast. Weißt du noch, was du einmal zu mir gesagt hast? Ich will es jetzt nicht wiederholen. Ich will dir jetzt nicht wehtun. Aber Jorinde, Liebling, was war denn dieser Mensch?

Du hörst mir überhaupt nicht zu. Ich merke es die ganze Zeit, dass du mir nicht zuhörst. Wo bist du denn jetzt, Jorinde, willst du mir das nicht sagen? Was träumst du? Du siehst aus, als ob du jeden Augenblick aufwachen würdest. Wach doch auf! Ich bitte dich! Das alles ist doch nur ein entsetzlicher Traum. Wenn du wirklich tot bist, wie soll ich dann noch leben?

Wenn man wenigstens die Illusion hätte, dass du nun im Himmel bist, mit Flügeln und einer Harfe und für immer selig und glücklich! Aber selbst wenn es den Himmel gäbe, kämst du ja gar nicht hinein, wegen dessen, was du getan hast. Und dass du einfach nicht mehr bist und morgen auch hier aus diesem Zimmer verschwindest und dann nichts mehr von dir da ist, das gibt es doch nicht. Es ist nicht wahr, es ist nicht wahr, es ist nicht wahr!

Ich will dir ja alles verzeihen, Jorinde. Ich will die ganze Schuld auf mich nehmen. Ich habe nicht genügend Verantwortungsbewusstsein gehabt. Ich habe dich machen lassen, was du wolltest. Ich war unsicher. Ich wusste nicht, was ich dir verbieten und was ich dir erlauben darf. Du hast keinen Halt an mir gehabt, hast dich meiner geschämt. Du hast alle normalen Menschen, die so sind, wie Menschen eben sind, und die alle nicht aus ihrer Haut können, alle gewöhnlichen Menschen, die gar nichts Besseres sein wollen, als was sie eben sind, die hast du verachtet, weil du mich verachtet hast. Und bei so einem verrückten Intellektuellen hast du dein Ideal gesucht. Der war mal was anderes! Nicht so wie die anderen! Du hast alles für bare Münze genommen. Jedes Wort, was dieser Mensch sagte, war für dich die letzte Wahrheit, und alles, was ich sagte, war Lüge.

Als du ein kleines Kind warst, da hast du mir alles geglaubt. Und als du dann gemerkt hast, dass nicht alles aufs i-Tüpfelchen stimmt, da hast du mich gehasst und dich von mir abgewendet. Dann hast du dem Pfarrer alles geglaubt, und als du dann endlich merktest, dass das auch nicht stimmt, hast du mit der ganzen Religion gebrochen. Da hab ich gemeint, jetzt glaubt sie mir wieder, aber nein, da mussten es diese neunmalklugen Studierten sein, denen du alles geglaubt hast. Das, was die sagen, ist doch ein noch größerer Quatsch als das, was der Pfarrer sagt!

Und wenn ich dir gesagt habe, überall ist etwas Wahres dran und etwas Falsches, und es gibt überhaupt nichts, was ganz wahr ist, und ich lüge nicht mehr als alle anderen – einmal, weil ich manches nicht so genau weiß, und zum andern, weil man gar nicht immer die Wahrheit sagen kann –, dann hast du bloß gelächelt.

Dabei warst du doch noch viel zu dumm, Jorinde. Du hast mich nicht verstanden und den Pfarrer nicht und diese Studenten erst recht nicht. Auch wenn man zehnmal so gebildet ist wie du und ich, kann man nicht alles verstehen. Man muss es nehmen, wie es ist, und sich schicken und sehen, dass man ein bisschen Freude hat im Leben. Ein bisschen lügen ist doch besser als Gift nehmen! Das, was du jetzt getan hast, ist viel schlimmer als alles andere! Das durftest du mir nicht antun, Jorinde, das nicht. Das durftest du nicht!

Liebe, Liebe – immer Liebe. Du großer Gott, man bringt sich heute doch nicht mehr um wegen Liebe! Wir haben doch ganz andere Dinge durchgemacht, um derentwillen man sich hätte umbringen können.

Als ich das damals zum Pfarrer gesagt habe, der sich in meine Angelegenheiten einmischen wollte, das mit der Maria Magdalena, da hat er gesagt: «Ihr wird viel verziehen, denn sie hat viel geliebt.» Und dann hat er noch etwas gesagt, was ich immer vergessen wollte, aber jetzt fällt es mir ein: «Ich glaube eher, liebe Frau, dass Sie zu wenig geliebt haben und sich deshalb mit Maria Magdalena nicht vergleichen dürfen.»

Ich habe mich damals schrecklich darüber geärgert. Sollte ich vielleicht noch mehr lieben? Es hat gelangt, denke ich, und die Männer, die nach dem Onkel Bernhard kamen, taugten sowieso alle nicht viel. Und ich mache mir überhaupt nicht viel aus Männern. Richtig schön war es ja nur das eine Mal, und daraus wurde dann auch nichts. Und wen sollte ich sonst lieben, wo meine Verwandten alle tot oder weit fort sind, hier die fremden Leute etwa, die mich auch nicht leiden können? Das wäre etwas zu viel verlangt. Und dass ich dich nicht geliebt hätte, das kann nun wirklich niemand behaupten. Du warst ja das Einzige, was mir wirklich gehörte. Wir haben uns gezankt. Gut. Wo zankt man sich nicht! Die Nerven gehen mit einem durch, wenn man so schwer arbeiten muss. Man kann nicht immer ein Engel sein. Aber ich habe doch immer alles getan, was du wolltest, und ich habe dir gegeben, was ich dir geben konnte, und ich habe es dir nie lange nachgetragen, wenn du irgendetwas Gemeines zu mir gesagt hast.

Du hast mich doch nicht wirklich gehasst, Jorinde? Das kann doch nicht sein. Das habe ich nie wirklich geglaubt. Das war auch so etwas, was man sagt und was nicht wahr ist, und doch muss man es sagen.

Wir sind uns eben auf die Nerven gegangen gegenseitig. Wir sind so verschieden und wohnen so eng zusammen. Da kommt doch so etwas vor.

Liebe! Liebe! Du hast dir doch nicht das Leben genommen, weil ich dich nicht genug geliebt hätte, sondern wegen dieses Bartmenschen, dieses Verfluchten. Weil du geliebt hast und damit nicht fertig geworden bist, weil du nicht wusstest, was Liebe ist.

Du konntest immer so schrecklich zornig werden, hast dich immer so leicht aufgeregt. Da hast du dann in der ersten Erregung das Gift genommen, und als du gemerkt hast, was du getan hast, da war es zu spät. Du wolltest es sicher gar nicht tun. Du hast ja noch um Hilfe gerufen. Jorinde! Meine Jorinde!

Vielleicht kann man doch noch beten. Ob das hilft? Aber ich weiß gar kein Gebet. Doch, das Vaterunser. Aber das passt hier nicht; ich kann es auch nicht. Lieber Gott, hilf doch. Lieber Gott, hilf! Lieber Gott … Ach. Ich bin ja schon still.

Hast du denn mehr geliebt oder richtiger geliebt als ich, Jorinde? Du hast doch alles immer nur gehasst. «Ich hasse das» war deine ständige Redensart. Alles musste ganz heil sein und ganz schön und ganz neu und ganz echt, sonst wolltest du es nicht.

Ich habe dir immer gesagt: Nimm doch die Dinge, wie sie sind, und verlange nicht immer das Unmögliche. Es gibt nichts ganz Heiles und Ganzes und Neues und Echtes auf der Welt, und wenn, dann nur für einen Augenblick. So was hält doch nicht.

Hab ich etwa meinen Eltern einen Vorwurf gemacht, weil bei mir im Leben so viel schief gegangen ist und weil auch in mir so viel kaputtgegangen ist? Sie haben es so gut gemacht mit mir, wie sie konnten und wussten, wussten, und ich habe es so gut gemacht mit dir, wie ich konnte und wusste. Mehr darf man doch nicht verlangen!

Du hast immer gesagt, ich verstehe dich nicht. Ich habe sehr wohl verstanden, dass du dich gesehnt hast. Immer gesehnt, schon als Kind. Du wolltest immer etwas, was dir niemand geben konnte.

Sicher wäre es besser gewesen, wenn dein Vater gelebt hätte und du Geschwister gehabt hättest und Onkel und Tanten und Großmütter und eine Heimat und so etwas alles. Dann hättest du bei jedem aussuchen und dir holen können, was du brauchtest. Ich konnte das doch nicht alles aus mir herauszaubern. Ich bin ein ganz gewöhnlicher Mensch, nicht besser und nicht schlechter als andere. Die Leute, die über mich herziehen, wegen der Liebschaften, die sollten einmal an meiner Stelle gewesen sein. Man ist doch auch ein Mensch und braucht, was der Mensch braucht. Der eine macht es heimlich und der andere weniger heimlich und der Dritte hat es nicht nötig, es heimlich zu machen, weil er verheiratet ist. Und wenn man es nicht macht, dann wird man unleidlich und ärgert die anderen Menschen mit seinen Launen noch mehr, als man es sonst tut. Ich habe keinem Menschen etwas zuleide getan, keine Ehe gebrochen und keine Gesetze übertreten. Mehr kann man doch nicht verlangen.

Was wolltest du denn? Sag mir, was eigentlich wolltest du? Was hast du denn gedacht, was der Bartmensch dir bieten könnte? Wenn ich das Wort «heiraten» erwähnt habe, dann hast du bloß gelacht und gesagt: «Heiraten! Lächerlich!» Du hast immer so getan, als ob Heiraten die altmodischste und überholteste Angelegenheit der Welt sei. Ihr erwartetet natürlich ganz etwas anderes. Ja, aber was denn? Welche Enttäuschung hat der Mensch dir bereitet – wenn du sowieso nicht ans Heiraten gedacht hast? Das Einzige, was einen Mann eventuell daran hindern kann, untreu zu werden, ist doch nur eine Heirat? Außerdem: «Was heißt denn untreu?», hast du einmal zu mir gesagt. Ja, wenn es dir selbst darauf nicht ankam, worauf denn dann? Was konnte er dir antun, dass du dir das Leben nehmen musstest?

Ihr habt immer gesprochen und gesprochen. Er hatte eine so weiche Stimme. Die war noch das Einzige, von dem ich verstehen konnte, dass man sich in sie verlieben kann. Aber was hat er denn gesagt? Was hat er dir für Hirngespinste in den Kopf gesetzt? Dieser Mensch hatte ja gar kein Blut. Er war doch nur ein Schatten. Wenn er etwa gefaselt hat, der Mensch sei nur ein Reflex aus dem Kosmos oder so ähnlich – ich habe das nicht verstanden –, dann traf das auf ihn gewiss zu. Er war wirklich nicht mehr als ein Reflex, nicht kalt und nicht warm, nicht gut und nicht schlecht, überhaupt nichts, nicht einmal klug. Unter Klugheit stelle ich mir etwas anderes vor. Und doch diese böse Wirkung auf dich. Diese böse, böse Wirkung.

Dabei wurdest du so schön, seit du ihn kanntest. Du warst früher nie schön. Du warst ein gutes Kind. Du wolltest immer das Gute. Aber als du so schön warst, da warst du nicht mehr gut. Nein, Jorinde, das warst du nicht mehr. Du hast deine Kleider getragen wie eine Königin und warst so hochmütig wie eine Königin. Täglich hast du mich spüren lassen, wie du mich verachtest. Und wenn ich dich dennoch geliebt habe,

Jorinde, dann kann man doch nicht sagen, dass ich dich nicht genug geliebt habe? Dass du aus lauter Liebesmangel auf diesen Menschen hereingefallen bist?

Ich hätte nicht genug geliebt! Ja, wo soll man denn noch mehr Liebe hernehmen, wenn man keine bekommt? Ich habe doch auch an Liebesmangel gelitten. Wir alle aus unserer Zeit. Wir waren doch in dieser Beziehung schon verkrüppelt, wenn man so sagen kann, als wir euch geboren haben. Es wurde immer nur von Idealen geredet, aber das Wort Liebe hat keiner in den Mund genommen. Nur die Liebe zum Vaterland, und das war ein großer Betrug. Und von dem, was die Pastoren predigten, lernten wir von Anfang an, dass es Betrug sei. Dieses Misstrauen wird man doch nicht wieder los! Ich kann ja gar nicht beten. Selbst wenn ich will, ich kann es nicht. Ich habe es nie gelernt. Kann mir ein Vorwurf daraus gemacht werden? Jorinde, kannst du mir daraus einen Vorwurf machen?

Aber du, Jorinde, du warst doch so fromm. Du hast das doch alles gelernt. Warum bist du nicht fromm geblieben? Wärst du doch fromm geblieben! Ich hab ja nicht gewusst, dass das so wichtig ist für dich, und es war so schwer für mich. Ich war eifersüchtig auf deine Frömmigkeit. Ich wollte nicht, dass du etwas hast, was ich nicht habe, und ich fühlte, wie du mir entgleitest. Es war selbstsüchtig von mir und dumm. Ich hätte mir sagen sollen, dass du zu den Menschen gehörst, die ohne Illusion nicht leben können. Dein Vater machte sich ja auch so viel vor und war zufrieden dabei.

Aber vielleicht ist die Religion doch etwas anderes?

Du hast einmal zu mir gesagt: «Das ist doch alles Unsinn, was du sagst. Man glaubt doch nicht mit dem Verstand!»

Aber womit dann? Man kann doch ohne seinen Verstand überhaupt nichts wissen. Wenn man keinen Verstand mehr hat, kommt man ins Irrenhaus. Womit, als mit dem Verstand, soll ich denn unterscheiden können, was richtig und was falsch ist!

Die Seele, das ist doch so etwas Ähnliches wie das Gefühl, und was einem das Gefühl sagt, das ist doch so oft falsch.

Ich fühle ganz deutlich, dass es nicht wahr ist, dass du tot bist, aber mein Verstand lässt sich nicht betrügen. Ich weiß, es. Ich weiß es, Jorinde. Du bist tot. Es ist aus. Es ist alles aus. Lieber Gott, lieber Gott, mach doch, dass es nicht wahr ist. Das gibt es doch einfach nicht, dass etwas wahr ist, was so *falsch* ist, so grundfalsch.

Vielleicht ist die Seele etwas anderes als das Gefühl? Vielleicht hast du etwas gehabt, was mir fehlt und wovon ich nichts weiß? Du hast manchmal so fremd ausgesehen, so fremd und so schön. «Ihre Tochter hat eine schöne Seele», hat der Pfarrer zu mir gesagt. «Hüten Sie diese Seele.» Ich hab gedacht, er meint Tugend oder Moral oder so was, deswegen hab ich keine Angst gehabt um dich, aber vielleicht hat er etwas anderes gemeint? Vielleicht hatte es etwas mit deiner ewigen Sehnsucht zu tun? Mit dieser Sehnsucht nach dem Vollkommenen? Und ich habe darauf herumgetrampelt … Ja! Ja! Hör auf, Jorinde! Ich sehe es ja ein! Ich gebe ja alles zu! Du hast Recht! Ich habe deine Seele nicht genug geachtet! Weil du mir gehört hast, wollte ich dich so haben, wie ich bin.

Ich habe immer gedacht, du willst Illusionen, und dabei wolltest du Wahrheit!

Ich mit meinen Halbheiten. Ich mit meinem verpfuschten Leben. Das war ja gar kein Leben. Aber du wolltest leben, und darum bist du gestorben! Weil man dich nicht leben ließ und du nicht leben konntest in all dem Falschen und Verkehrten und Kaputtgegangenen. Und dann wirst du gemerkt haben, dass der, den du liebtest, auch falsch und verkehrt war, und da wolltest du wenigstens das Einzige und Größte heil lassen, was du erlebt hattest, deine Liebe.

Wenn du schön warst, von innen heraus, dann habe ich gesagt, du bist hochmütig, und wenn du fromm warst, dann habe ich dich verspottet. Und deine Liebe habe ich verspottet, deine Musik, alles, was dir nahe ging, was du mit deiner Seele empfandest, all das habe ich verspottet.

Ach, Jorinde, mein Kind, Jorinde! Glaube doch nicht, dass ich dich nicht verstanden habe. Ich *habe* dich manchmal verstanden. Aber ich *wollte* es nicht! Mein ganzes Leben habe ich doch nur damit zugebracht, mich abzuhärten gegen das, was einem nahe geht, gegen die Sehnsucht und all das, sonst wird man doch verrückt, wenn man nie etwas findet, was wahr ist!

Wusste denn nun dein Geliebter etwas von der Wahrheit? Worin hat er dich enttäuscht? Worin konnte er dich enttäuschen? Oder war es das, was du nun für Wahrheit hieltest, dass es egal ist, ob man lebt oder tot ist?

Aber ich, Jorinde! Ich bin doch übrig geblieben! Wenn deine Seele lieben konnte, musstest du doch auch Erbarmen haben mit deiner Mutter! Liebe ist doch auch Erbarmen! Ich habe keine Wahrheit und habe jetzt nicht einmal dich.

Lieber Gott, kann denn Jorindes Wahrheit wirklich die Wahrheit sein? Nicht wahr, das ist nicht die Wahrheit! Lieber Gott, es muss doch eine Antwort geben! Es ist doch falsch, lieber Gott, dass sie tot ist! Es ist doch falsch, ganz falsch!

Sie ist doch so jung und so schön – und sie hatte eine so schöne Seele – und sie hat doch so stark geliebt!

Lieber Gott …

Die Dame mit dem Schleierhütchen

Ich kenne eine resolute junge Fotografin, die in ihrem Fotoatelier in der Innenstadt wohnt. Sie heißt Frau Oo, das ist aber auch das einzig Ungewöhnliche an ihr. Der Name stammt von einem Flüsschen irgendwo in Österreich, und wenn sie sich vorstellt, muss sie immer hinzufügen: «Ich heiße wirklich so.» Dann sagen die Leute «Oh!». In ihrem Atelier sind viele Lampen aufgebaut und viele Kameras installiert, auch entwickelt sie ihre Bilder in der eigenen Dunkelkammer. Sie ist sehr talentiert, sehr gewissenhaft und daher auch viel beschäftigt. Wer ein Bild von sich machen lassen will, muss sich schon eine Weile vorher anmelden. Sie hat keinerlei esoterische Interessen oder Neigungen, dafür steht sie viel zu fest mit beiden Beinen auf der Erde; auch hätte sie für «Spinnereien», wie sie das nennt, gar keine Zeit. Umso mehr hat sie ein Erlebnis erschreckt, durch das sie fast den Glauben an sich selbst verloren hätte. Gottlob ist ihr so etwas nur ein einziges Mal – nie vorher und bis jetzt auch nie nachher – passiert, sonst hätte sie sich wohl in psychiatrische Behandlung begeben.

Frau Oo war gerade damit beschäftigt, eine Frau zu fotografieren, als es klingelte. Sie erwartete die nächste, schon vorangemeldete Kundin, aber vor der Tür stand eine ihr bisher Unbekannte in schwarzem Mini-Lederrock, schwarzen Spitzenstrumpfhosen an sehr schlanken langen Beinen, einem dunkelgrünen, tief ausgeschnittenen T-Shirt aus reiner Seide und seltsamerweise einem schwarzen seidenen Hütchen mit Schleier, der fast über die Augen fiel. Sie wirkte auf den ersten Blick wie eine von der Szene, etwas verhuscht und verdorben, aber sie war nicht geschminkt, und als Frau Oo mit ihr sprach, korrigierte sie den ersten Eindruck, den die Kleidung vermittelte. Die Frau hatte ein gesammeltes, durchaus ernsthaftes Gesicht, sprach reines Hochdeutsch und schien eine intelligente, nicht mehr ganz junge Dame zu sein. Keineswegs ein Strichmädchen.

Ohne Ärger zu zeigen und ohne große Enttäuschung nahm sie hin, dass sie entweder im Wartezimmer warten oder nach anderthalb Stunden wiederkommen müsse, da Frau Oo jetzt keine Zeit für sie habe. Die Dame entschied sich für Fortgehen und Wiederkommen, und tatsächlich stand sie anderthalb Stunden später abermals vor der Tür.

Nein, nein, sagte sie, sie wolle jetzt nicht sofort fotografiert werden, vorher müsse sie eine Geschichte erzählen. Sie benötige nämlich nicht nur Atelieraufnahmen, sondern ganz spezielle Fotos, die an einigen Plätzen der Stadt aufgenommen werden müssten.

Sie ließ sich in einem Sessel nieder, schlug die schlanken Oberschenkel in den schwarzen Spitzenstrumpfhosen so sexy übereinander, wie Marlene Dietrich das getan hätte, wenn es damals Miniröcke gegeben hätte, und zündete sich eine Zigarette an. Sie begann:

«Bitte wundern Sie sich nicht über meine Aufmachung. Ich habe mich verkleidet. Ich laufe sonst nicht so herum. Ich dachte nur, wir könnten die Fotos heute machen. Haben Sie schon einmal Wahrträume gehabt?» Frau Oo verneinte.

«Ich habe auch nicht gewusst, dass das Wahrträume sind. Aber Sie müssen doch zugeben, dass es welche gewesen sein müssen.»

Frau Oo wusste nicht, wovon eigentlich die Rede war. «Ach so, entschuldigen Sie, ich hab's ja noch nicht erzählt. Also: Seit vielen Jahren träume ich immer denselben Traum. Haben Sie das auch schon mal gehabt? Nein? Also ich träume seit vielen Jahren immer wieder, dass ich in solch einer Aufmachung wie dieser hier, mit so einem Mini-Lederröckchen, solchen schwarzen Spitzenstrümpfen, diesem Hütchen mit Schleier und mit so einer grünen, ausgeschnittenen Bluse in Frankfurt auf den Strich gehe. Stellen Sie sich vor! Ich! auf den Strich!»

Frau Oo hatte keinerlei Schwierigkeiten, sich das vorzustellen.

«Ich lebe auf dem Dorf, wissen Sie, ich arbeite dort seit Jahren als Leiterin einer Bankfiliale. Ich komme selten nach Frankfurt, lerne leider auch selten jemanden kennen. Wissen Sie, auf dem Dorf leben immer nur solche Stiesel. Aber in der Großstadt könnte ich auch nicht leben. Ich bin auf dem Land groß geworden. Ich habe den immer gleichen Traum nicht besonders ernst genommen. Ich habe mir erklärt, man träumt so was Verrücktes, weil in meinem Dorf nichts los ist und weil ich noch nicht verheiratet bin und auch keinen Freund habe, na ja, und so weiter. Der Professor Freud hat ja herausgefunden, wie es zu solchen Träumen kommt, verstehen Sie? Das ist die unbewusste Libido oder so ähnlich, ich kenne mich da nicht aus. Aber in diesem Traum passiert überhaupt nichts, was sonst Mädchen auf dem Strich passiert. Ich schlendere darin nur einfach so auf der Straße entlang und denke, dass ich mit dem Po wackeln muss, damit die Leute mich sexy finden. Ich kann aber gar nicht mit dem Po wackeln. Und dann, wenn ich über den Eisernen Steg gehe, immer auf dem Eisernen Steg, begegnet mir der Mann meiner Träume. Ich weiß im Traum nicht, dass ich diese Begegnung schon oft geträumt habe, ich weiß nur, das ist ja der Mann, von dem ich schon früher in anderen Träumen geträumt habe. Schon als ganz junges Mädchen hat mir so ein Mann vorgeschwebt, wenn ich daran dachte, dass ich später vielleicht einmal heiraten würde. In diesem speziellen Traum, der sich immer wiederholt, grüßt mich der Mann auf dem eisernen Steg. Er kennt mich. Er freut sich, mir wieder zu begegnen. Ich freue mich auch, denn ich kenne ihn ja ebenfalls von früheren Träumen her. Und dann schlendern wir beide durch die Stadt. Wir gehen immer zu denselben Plätzen. Ich zeige sie Ihnen nachher, wenn Sie mich dort fotografieren. Der Mann und ich reden in dem Traum nicht miteinander, denn wir können unsere Gedanken lesen. Ist das nicht ulkig? Ich gucke rein in ihn, und er guckt rein in mich, und wir lesen unsere Gedanken so, als ob wir miteinander redeten. Das ist wunderbar! Wir kennen im Traum auch unsere Vornamen, aber wenn ich aufwache, habe ich den seinen immer wieder vergessen. Obwohl ich in dem Traum in dieser Strichmädchenverkleidung bin, habe ich überhaupt keine erotischen Gedanken oder Gefühle, und er hat sie auch nicht. Das lese ich ja. Wir haben aber beide große Liebe zueinander, das ist viel toller. Ich kann Ihnen jetzt im Wachen nicht wiedergeben, was dieser Mann und ich im Traum denken. Nur immer, wenn ich aufwache, bin ich erschüttert darüber, wie klug wir beide doch sind! Das ist einfach fabelhaft! Diese Übereinstimmung in allem! Können Sie verstehen, dass mir dieser immer wiederkehrende Traum eigentlich mehr bedeutet als jedes Liebesverhältnis in der Wirklichkeit? Ich vergleiche jeden Mann, der mir wirklich begegnet, mit diesem Traummann, und deshalb bin ich heute noch nicht verheiratet.»

Die Dame schwieg, blies den Rauch ihrer Zigarette in gekonnten Kringeln aus und blickte träumerisch ins Leere.

Frau Oo wurde ungeduldig: «Ja, und? Was soll ich nun dabei tun?»

«Ach so, ja. Ich muss ja weiter erzählen, was mir nun vor einigen Tagen passiert ist. Ich bin ausnahmsweise einmal wieder in Frankfurt gewesen und habe mir in einem Straßencafé ein Stück Kuchen mit Sahne geleistet. Ich schlürfe gerade meinen Kaffee, denke an das, was ich morgen in der Bank zu tun habe, und da kommt mein Traummann leibhaftig die Straße entlang. Leibhaftig! Es gibt ihn also in Wirklichkeit!»

«Nein!», staunte Frau Oo.

«Doch, wirklich! Er war es ganz bestimmt, er sah genauso aus, er hatte denselben Anzug an, das Haar war gleich gekämmt, er war es, daran gibt es nicht den allergeringsten Zweifel!»

«Ach», sagte Frau Oo, «der wird ihm ähnlich gesehen haben. Das haben Sie sich eingebildet.»

«Nein! Nein! Er war es! Sie wissen ja noch nicht alles! Er kommt näher, blickt sich um, als suche er einen freien Tisch, sieht mich, stutzt, stutzt noch einmal, denn ich hatte ja meine gewöhnliche Kleidung an und sah anders aus als im Traum, und dann erkennt er mich! Er strahlt! Er breitet beide Arme aus und kommt lachend auf mich zu! Er ruft meinen Namen! Wir haben uns beide sofort wiedererkannt! Es gibt ihn in Wirklichkeit! Und er muss die gleichen Träume gehabt haben wie ich!»

«Aber dann ist doch alles gut, dann haben Sie doch Ihren Traummann», lachte Frau Oo, die in Wahrheit dachte: So ein Unsinn, die spinnt ja.

«Nein, eben nicht», seufzte da die Dame verzweifelt. «Gerade, als er ganz dicht an meinen Tisch herangekommen war, kam eine Horde von Demonstranten oder Fußballfans oder was es sonst war herangestürmt; sie drängten ihn von mir weg, schrien, johlten, pfiffen, schwenkten Fähnchen, warfen Tische um, beinahe auch meinen, es war ein fürchterliches Durcheinander. Dann kam die Polizei und trieb alle nicht an einem Tisch sitzenden Leute davon. Er wurde auch mit fortgescheucht und geriet mir aus den Augen. Ein Albtraum! Auf der Straße waren so entsetzlich viele Menschen, dass ich ihn nicht mehr entdecken konnte.»

Die hatte einen Tagtraum, dachte Frau Oo, sagte aber: «Wenn er es gewesen wäre, wäre er ja nach einiger Zeit wieder zurückgekommen.»

«Das müssen Sie schon mir überlassen zu entscheiden, ob er es war oder nicht. Das kann nur ich beurteilen. Er war es, ich weiß es. Der Vorfall mit den Demonstranten stand ja sogar in der Zeitung.»

«Und was wollen Sie nun tun?»

Die Dame nahm wieder ihre Marlene-Dietrich-Pose ein und sagte jetzt sehr geschäftsmäßig und nüchtern: «Also ich habe mir sofort die Kleidung gekauft, in der ich im Traum immer spazieren gehe. Es gab in der Kaiserstraße tatsächlich alles, sogar dies Hütchen mit dem Schleier; obwohl ich noch nie von einem Strichmädchen mit einem Schleierhut gehört habe. Ich sehe doch toll darin aus, wie? Ganz echt! Wie im Traum gucken mir die Leute auf der Straße etwas unsicher nach, als ob sie nicht wissen, ist es nun so eine oder nicht. Ich kann einfach nicht mit dem Po wackeln, auch in Wirklichkeit nicht. Und nun will ich mit

Ihnen zum Eisernen Steg und zu all den Plätzen in Frankfurt gehen, auf denen mein Traummann und ich unsere Gedanken lesen und so fabelhaft miteinander übereinstimmen. Sie sollen mich dort und auch hier im Atelier in dieser Kleidung fotografieren. Ich will von den Fotos Handzettel und Plakate drucken und überall verteilen und ankleben lassen. Darunter will ich drucken lassen: ‹Wer kennt diese Frau? Melden Sie sich unter der und der Kennnummer bei der Frankfurter Rundschau.› Niemand wird mich auf diesen Fotos erkennen. Ich sehe ja in Wirklichkeit ganz anders aus. Nur er, der die gleichen Träume hatte wie ich, wird wissen, wer das ist, vor allem, wenn auf den Bildern auch die Frankfurter Plätze sind, auf denen wir unsere Gespräche führen. Das ist die einzige Möglichkeit, ihn wieder zu finden. Seinen Namen weiß ich ja nur im Traum.»

Frau Oo, die ihre Besucherin inzwischen für geistesverwirrt hielt, versuchte, sie von der unnötigen Geldausgabe abzuhalten, aber das gelang ihr nicht. Die Dame bestand mit Nachdruck auf dem Auftrag. Sie werde sonst zu einem anderen Fotografen gehen. Schließlich habe sie sich die

Klamotten von der Kaiserstraße, die nicht billig waren, nicht vergeblich gekauft.

Des Menschen Wille ist sein Himmelreich, dachte Frau Oo. Bin ich ein Psychiater?

Die Atelieraufnahmen waren mit Hindernissen verbunden. Zum Ärger von Frau Oo zerplatzten dabei zwei sehr teure Glühlampen. Dann fuhr Frau Oo die Frau mit dem Schleierhütchen zu allen gewünschten Orten und fotografierte sie dort. In ihrer Kamera hatte sie einen angebrochenen Film, mit dem sie vorher die zwei anderen Kundinnen fotografiert hatte. Später machte sie vom Rest des Films noch zwei weitere Aufnahmen eines vierten Kunden. Die Dame zahlte eine größere Summe bar an, gab Frau Oo ihre Adresse, vergaß den Namen der Bankfiliale nicht, in der sie arbeitete, und Frau Oo versprach, ihr die Probeabzüge zur Auswahl schnellstmöglich zuzusenden.

Am nächsten Tag ging Frau Oo mit dem Film in die Dunkelkammer, um ihn zu entwickeln. Die Aufnahmen, die sie von den beiden Kundinnen vor der Traum-Dame gemacht hatte, waren gestochen scharf und gut gelungen, ebenso wie die beiden Aufnahmen des letzten Kunden. Von der

Frau mit dem Schleierhütchen war kein einziges Foto auf dem Film. Alle zweiundzwanzig Negative waren schwarz. So etwas war Frau Oo in ihrer zwanzigjährigen Praxis noch niemals vorgekommen. Sie untersuchte die Kamera. Die war völlig in Ordnung, hatte immer richtig transportiert. Sie begann sich zu gruseln. Sie dachte an die zerplatzten Glühlampen. Aber was sollte das mit der Kamera zu tun haben, die ausgerechnet die Dame mit dem Schleierhütchen nicht aufnahm – oder nicht aufnehmen konnte?

Schweren Herzens schrieb sie der Dame an die angegebene Adresse, die Fotos seien leider misslungen und müssten wiederholt werden. Es tue ihr sehr Leid, aber die Dame möge doch noch einmal vorbeikommen. Der Brief kam mit dem Vermerk der Post zurück: «Adressat unbekannt.»

Frau Oo fuhr bei nächster Gelegenheit mit dem Auto in das Dorf, in dem die Träumerin angeblich wohnte. Es gab das Dorf, es gab auch die Bankfiliale, aber die hatte seit Jahrzehnten einen männlichen Filialleiter. Es gab auch die Straße und das Haus mit der angegebenen Nummer, aber der Name der Dame war allen Hausbewohnern und auch den Nachbarn völlig unbekannt.

Es wohnten viele sehr alte Leute dort. Niemand hatte je von einer jungen Filialleiterin gehört. Es gab sie einfach nicht, so wenig wie auf dem schwarz gebliebenen Film. Jetzt fürchtet Frau Oo, und das raubt ihr den Schlaf, dass nicht die Dame mit dem Schleierhütchen verrückt ist, sondern dass sie selbst den Traum von der Träumerin geträumt hat. Das erhaltene Bargeld hatte sie zwar im Portemonnaie, aber da hat sie immer Bargeld. Ist das ein Beweis?

Frau Oo wartet immer noch, dass die Dame das Geld zurück- oder die Fotos anfordert.

Der Feind

Nachts um drei Uhr wache ich von einem durchdringenden Geräusch auf. Es macht: «Dss dss uuuuuuuuuuu, dss dss uuuuuuuuuuu.» Das bedeutet Gefahr! Das bedeutet Biene oder Wespe, ein Tier, das mich stechen wird, falls ich wieder einschlafe und eine unbewusste Bewegung es zu dem Irrtum verleitet, mich für einen Angreifer zu halten. Natürlich könnte es auch eine harmlose dicke Hummel sein. Keine Gefahr, aber doch Störung der Nachtruhe. «Dss dss uuuuuuuuuuu dss dss uuuuuuuuuuu.» Das geht so nicht weiter. Keinesfalls nachts um drei Uhr. Dem muss ein Ende gemacht werden.

Ich knipse das Licht an, wovon sich das unbekannte Tier aber in keiner Weise stören lässt. Rhythmus und Dauer seines Surrens bleiben unverändert. Es versucht auch nicht, wie andere Insekten, ins Licht zu fliegen und um die Glühlampe zu tanzen.

Da sehe ich es! Wie ein Schlittschuhläufer bei seiner Kür auf dem glatten Eis, so gleitet das Tier über die senkrechte Wand hinter meinem Bett, einmal geradeaus, einmal in Kurven und Schleifen, gleichmäßig im Tempo, zielbewusst, trotz ständig wechselnder Richtungen. Wenn es «dss dss» macht, vollführt es eine Wendung; macht es «uuuuuuuuuuu», fährt es auf seinem Weg geradeaus. Die Abstände zwischen kurzem «dss dss» und langem «uuuuuuuuuuu» bleiben konstant. Bei «uuuuuuuuuuu» sind die Flügel für mich unsichtbar wie die eines Hubschraubers im Flug. Nur beim Wenden «dss dss» kann ich sie erkennen. Sie sind im Verhältnis zum zweigeteilten Leib zu groß, fast so groß wie die einer Libelle. Aber es ist keine Libelle. Der Oberkörper ist dunkelbraun und gelb gestreift, etwas fleischig, größer als bei mir bekannten Wespen. Auch eine Wespentaille ist vorhanden. Wären da nicht die allzu langen Flügel, wären da nicht die vorn an der Brust befestigten sehr langen Spinnenbeine und wäre das, was nach der Tailleneinschnürung beginnt, ein Leib zu nennen und ähnelte nicht vielmehr einem überlangen, braungelben Schwanz, so könnte sich der erste Eindruck «Wespe» bestätigen. Aber nein, es sind nur die Farben, die zunächst getäuscht haben.

Sind Name und Eigenschaft eines nächtlichen Störenfriedes bekannt, gibt es keine langen Überlegungen, was dagegen zu unternehmen ist. Handelt es sich um ein ungefährliches Insekt, wird man kunstvolle Maßnahmen zur Schonung des kleinen Lebens treffen, es mit List einfangen und vorsichtig aus dem Fenster werfen. Handelt es sich um blutdürstige oder mit schmerzerzeugenden Abwehrwaffen ausgestattete Eindringlinge, wird man sie ohne Gewissensbisse töten, falls ein Versuch, sie zum Fenster hinauszutreiben, misslingt. Die Begegnung mit einem völlig fremden Tier jedoch, nachts um drei Uhr, zwingt den Selbsterhaltungstrieb zwar kategorisch zur schnellstmöglichen und radikalen Abwendung der Gefahr, bringt ihn aber auch in den Konflikt, sich zwischen Flucht und Angriff zu entscheiden. Als Kind hätte ich geschrien und um Hilfe gerufen.

Wer ist dieses namenlose Untier, das trotz geschlossener Fenster in mein friedliches Schlafzimmer eingebrochen ist? Die langen Spinnenbeine lösen in mir das gleiche unmotivierte Grausen aus wie der Anblick aller großen Spinnen. Der braungelbe Leib signalisiert mit seinen Farben «Gefahr» und verursacht mir Herzklopfen, der lange Schwanz sieht aus wie der gefährlich lange Stachel eines Skorpions, die Kiefertaster scheinen wie die Scheren eines Krebses zupacken und schneiden zu können, das laute Surren zerreißt mir die Nerven. Skorpione sollen ja nächtliche, wärmeliebende Tiere sein, aber sie haben doch keine Libellenflügel wie diese Bestie.

Jetzt bin ich hellwach. Das Insekt tanzt seinen kriegerischen Tanz an der Wand, macht aber keinerlei Anstalten, mich anzugreifen. Nichts scheint ihm gleichgültiger zu sein als ich. Dennoch wird es mich mit diesem gefährlichen langen Stachelschwanz stechen, sobald es sich von mir bedroht fühlt.

Wenn es nun ein ganz ungefährliches Tier ist? Eines, das ich seelenruhig einfangen und an die frische Luft befördern könnte, ohne es zu morden? Bin ich berechtigt, ein Leben auszulöschen auf den bloßen Verdacht hin, es könnte mir ein wenig wehtun? Welch törichte Skrupel! Auch wenn dieses Monstrum ungefährlich für Menschen sein sollte, wie kommt es dazu, mir den Schlaf zu rauben? Mit welchem Recht macht es «dss dss uuuuuuuuuuu dss dss uuuuuuuuuuu» über meinem Bett?

Ich lasse mich von Mordlust übermannen, leiste keinen Widerstand mehr gegen den Entschluss, diesen namenlosen, störenden Fremden radikal zu vernichten. Innerhalb meines Territoriums hat dieses Ding kein Recht zu existieren. Ich falte die Zeitung, die neben meinem Bett liegt, zu einer Klatsche zusammen und eröffne die Jagd auf das Untier.

«Da!!! Klatsch!!!»

Jetzt geht es «dss dss dss ääääää dss dss dss ääääää». Der Rhythmus des Tanzes und der Klang der Töne haben sich verändert. Aus dem langen dunklen «uuuuuuuuuuu» ist ein kürzeres, helleres «ääääää» geworden. Statt zwei Wendungen vollführt es jetzt drei «dss dss dss». Da sehe ich es auch wieder. Es scheint unverletzt und nur ein wenig aufgeregt. Aber es denkt gar nicht daran, die senkrechte Fläche, auf der es seine Kür absolviert, zu verlassen.

Wieder! Da!! Klatsch!!! Klatsch!!!

Die Antwort ist jetzt: «Dss dss dss dss iii dss dss dss dss iii!»

Die Bestie steigert ihre Energien, die Geschwindigkeit der Flügelschläge erreicht Rekorde. In dem kurzen Zeitraum des schrillen «iii» wird die gleiche Strecke durcheilt wie früher im Zeitraum des dunklen «uuuuuuuuuuu». Ich habe es wieder nicht getroffen. Die sechs Spinnenbeine sind alle noch vorhanden und unverletzt. Nur hat der Fremdling jetzt mit Sicherheit bemerkt, dass ihm Gefahr droht. Er versteckt sich aber nicht und flüchtet nicht. Unbeirrt oder todesmutig fährt er fort, das zu tun, was sein unerschütterlicher Wille ist: an der Wand hinter meinem Bett kreuz und quer herumzugleiten und zu surren.

Das ist doch ganz und gar unglaublich, frech und verabscheuungswürdig! Diese Provokation kann ich nicht länger hinnehmen. Ich überwinde meine Müdigkeit, ich steige aus dem Bett, ich fixiere meinen Feind, ich bin wild entschlossen, diesmal radikal zu treffen!

Jetzt! Jetzt!! Jetzt!!! und da!!! Klatsch, Klatsch, Klatsch, Klatsch!!!

Etwas fällt stumm von der Wand unter das Bett auf den weichen Teppich. Es ist Ruhe. Kein dss mehr, kein uuuuu, kein äää, kein ii. Aber ist das Tier wirklich tot? Ist es nicht vielleicht nur ohnmächtig vor Schreck? Wird es nicht erwachen und dann, wenn ich schlafe, aus Rache über mich herfallen und mich morden?

Ich knie nieder und suche kriechend unter meinem Bett nach dem Feind oder nach seinen sterblichen Resten. Aber ich habe keine Taschenlampe. Bis da unten reicht keine der in meinem Zimmer installierten Lichtquellen. Ich kann nichts sehen. Auch wenn ich die Zeitung entfalte und vorsichtig unter das Bett schiebe, kann ich nichts hervorholen.

Langsam werden mir Hände und Füße kalt vor Entsetzen bei dem Gedanken, dass ich womöglich ein ganz harmloses Tier gemordet habe … nein, viel schlimmer, nicht gemordet, sondern schwer verletzt, sodass es jetzt da unter meinem Bett die fürchterlichsten, unvorstellbarsten Qualen erleidet, weil es Schmerzen hat und weil es nicht mehr dss dss uuuuuuuuuuu, nicht mehr ääääää und nicht mehr iii machen kann, was es doch seiner Natur nach will und muss. Wenn dieses Wesen am Leben geblieben ist, an einem Leben, das nur noch aus grässlichsten Leiden besteht, dann war ich ein Unmensch! Hätte ich es nicht doch fangen und nach draußen befördern können?

Nein, rechtfertige ich mich. Das hätte ich bei seiner Geschwindigkeit und seiner Gewitztheit, mit der es den ersten Klatschern auswich, niemals geschafft. Aber warum musste ich es denn unbedingt beseitigen? Stand mein Recht auf ungestörte Nachtruhe höher als sein Recht auf Leben und Kürtanzen?

O du unbekanntes Wesen! Du Fremder, du Grausiger da unten unter meinem Bett, bitte, bitte sei jetzt tot! Leide jetzt wenigstens nicht! Stirb schnell! Oder lass dich blicken, damit ich deine Qualen beenden kann! Ich wollte dir ja nicht wehtun! Ich wollte dich nur weghaben! Das gehört zu meiner Natur wie zu deiner dein Surren und vielleicht dein gefährlicher Stachel.

Nichts rührt sich. Alles bleibt still. Mein Herz klopft allmählich langsamer. Die Aufregung legt sich. Ordentlich verwahre ich die Zeitung wieder auf dem Nachttisch. Ich beginne das Surren zu vergessen, verdränge, dass ich mordete, schlafe allmählich fest ein.

Wie immer erwache ich um sieben Uhr. Das nächtliche Abenteuer habe ich vergessen. Ich gehe ins Badezimmer und nehme die Zeitung mit. Sie fällt mir aus der Hand. Ich starre auf das melierte Muster der Bodenkacheln. Da! Da bewegt sich etwas, ganz schwach, ganz langsam. Sollte das … O Gott!!!

Vier lange Stunden hat das, was von meinem Feind übrig geblieben ist, dazu gebraucht, um mit restlichen drei langen Beinen und herausgedrehten Flügeln die fünf Meter Fluchtweg auf dem Flauschteppich bis zu den glatten Fliesen im Badezimmer zurückzulegen. Mit welcher übernatürlichen Kraft hat es diese Leistung vollbracht? Was mag es erhofft haben von diesem letzten und äußersten Versuch? Wie lang mögen ihm diese vier Stunden geworden sein, gemessen an seiner normalen Lebensdauer? Was habe ich getan! Wie kann ich das je wieder gutmachen? Durch nichts anderes als durch rasches Handeln, sage ich mir. Schnell! Erlöse den Feind von seinen unsagbaren Leiden!

Wieder muss ich dreimal zuschlagen, ehe jegliche Bewegung endgültig aufgehört hat. Welch ein zähes Leben! Erst am Nachmittag bringe ich es über mich, die verstümmelte Leiche auf eine Kehrschaufel zu fegen und näher zu betrachten.

Ich vergleiche sie mit Insektenzeichnungen in einem Insektenbuch. Ihr Name war vermutlich Rhyssa persuaria Linnäus. Sie gehörte entfernt zur Familie der Wespen, konnte jedoch nicht stechen und stellte für mich keinerlei Gefahr dar. Tödlich gefährlich war sie als Schlupfwespe, deren Mutter ihr Ei in ein lebendes Tier gelegt hatte, nur für ihren Wirt, in welchem sie als Parasit aufwuchs und ihn damit umbrachte. Sie war nicht mein Feind. Sie war nur ein Fremdling.

B 12/3

Elke Heidenreich

«Literatur hat mich Toleranz und Gelassenheit gelehrt.»

Erika *oder Der verborgene Sinn des Lebens*
3-499-23513-7

Kein schöner Land
Ein Deutschlandlied in sechs Sätzen. 3-499-23535-8

Der Welt den Rücken
Geschichten. 3-499-13470-5 und 3-499-33204-3 (Großdruck)

Kolonien der Liebe
Erzählungen. 3-499-13470-5 und 3-499-33202-7 (Großdruck)
Neun ironische, zärtliche, melancholische Geschichten über die Liebe in unserer Zeit.

Wörter aus 30 Jahren
30 Jahre Bücher, Menschen und Ereignisse. 3-499-13043-2 und 3-499-33209-4 (Großdruck)
Mit ansteckender, nie nachlassender Begeisterung und Leidenschaft schreibt Elke Heidenreich seit drei Jahrzehnten über die Dinge und Menschen, die sie faszinieren: Literatur, Städte, Reisen, Schriftsteller, Zufallsbekanntschaften und Berühmtheiten.

Best of also ... *Die besten Kolumnen aus «Brigitte»*
Lockere, mit klugem Witz geschriebene und ironisch pointierte Texte über nur scheinbar banale Alltagsthemen.

3-499-23157-3

Weitere Informationen in der Rowohlt Revue oder unter www.rororo.de